Giovanni Verga

Don Candeloro e C. (1894)

Texte et illustration de couverture : © domaine public
Edition : Culturea (Hérault, 34)
Contact : infos@culturea.fr
Retrouvez notre catalogue sur http://culturea.fr
Imprimé en Allemagne par Books on Demand
Design typographique : Derek Murphy
Layout : Reedsy (https://reedsy.com/)

Dépôt légal : janvier 2023
Tous droits réservés pour tous pays

ISBN : 9791041841646

DON CANDELORO E C.

Don Candeloro era proprio artista nel suo genere: figlio di burattinai, nipote di burattinai - ché bisogna nascerci con quel bernoccolo - il suo pane, il suo amore, la sua gloria erano i burattini. - Non son chi sono se non arrivo a farli parlare! - diceva in certi momenti di vanagloria come ne abbiamo tutti, allorché gli applausi del pubblico gli andavano alla testa, e gli pareva di essere un dio, fra le nuvole del palcoscenico, reggendo i fili dei suoi "personaggi".

Per essi non guardava a spesa. Li perfezionava, li vestiva sfarzosamente, aveva ideato delle teste che movevano occhi e bocca, studiava sugli autori la voce che avrebbe dovuto avere ciascuno di essi, *Almansore* o *Astiladoro*. Quando declamava pei suoi burattini, nelle scene culminanti, si scaldava così, che dopo rimaneva sfinito, asciugandosi il viso, nel raccogliere i mirallegro dei suoi ammiratori sfegatati, come un attore naturale.

Di ammiratori ne aveva da per tutto, alla Marina, alla Pescheria, certuni che si toglievano il pan di bocca per andare a sentire da lui la *Storia di Rinaldo* o *Il Guerin Meschino*, e se l'additavano poi, incontrandolo per la strada, colla canna d'India sull'omero e la sua bella andatura maestosa, che sembrava *Orlando* addirittura. Era un gran regalo quando egli rispondeva al saluto toccando con due dita la tesa del cappello. Se nasceva una lite in teatro, e venivano fuori i coltelli, bastava che don Candeloro si mostrasse fra le quinte, e dicesse: - Ehi ragazzi!... - con quella bella voce grassa.

Giacché s'era fatta anche la voce, come il gesto e la parlata, sul fare dei suoi "personaggi" e pareva di sentire un *Reale di Francia* anche se chiamava il lustrastivali dal terrazzino.

Con queste doti innamorò la figliuola di un oste che teneva bottega lì accanto. La ragazza era bruttina, ma aveva una bella voce, e doveva avere anche un bel gruzzolo. - La voce è tutto! - le diceva don Candeloro sgranandole gli occhi addosso, e accarezzandosi il pizzo. - Grazia! Che bel nome avete pure! - Andava spesso a far colazione all'osteria per amore della Grazia, e le confidò che pensava d'accasarsi, dacché aveva voltato le spalle alla vecchia baracca del padre, e messo su di nuovo teatro che rubava gli avventori al SAN CARLINO, e al TEATRO DI MARIONETTE. Si mangiavano fra di loro come lupi, padre e figlio, e i suoi colleghi erano giunti ad ordirgli la cabala, e fargli fischiare la *Storia di Buovo d'Antona*. - Spenderò i tesori di Creso! - aveva fatto voto quel dì don Candeloro battendo il pugno sulla tavola. - Ma non son chi sono se non li riduco a chiuder bottega tutti quanti! -

Lui con dei contanti avrebbe fatto cose da sbalordire. Insino il balletto e la pantomima avrebbe portato sul suo teatro; tutto colle marionette. - Ci aveva qualcosa lì! - e si picchiava la fronte dinanzi alla Grazia, fissandole gli occhi addosso come volesse mangiarsela, lei e la sua dote. Si scervellò un mese intero, col capo fra le mani, a cercare un bel titolo pel suo teatrino, qualcosa che pigliasse la gente per gli occhi e pei capelli, lì, nel cartellone dipinto e coi lumi dietro. - *Le Marionette parlanti!* - Sì, com'è vero ch'io mi appello Candeloro Bracone! parlanti e viventi meglio di voi e di me! Non deve passare un cane che abbia un soldo in tasca dinanzi al mio teatro, senza che dica: "Spendiamo l'osso del collo per andare a vedere cosa sa fare don Candeloro!" -

L'oste veramente non si sarebbe lasciato prendere a quelle spampanate, perché sapeva che gli avventori seri preferiscono andare a bere il buon vino nel solito cantuccio oscuro; e del resto, lui voleva un genero con una professione da cristiano, come la sua, a mo' d'esempio, e non un commediante con la zazzera inanellata, che parlava come un libro e gli incuteva soggezione.

- Quello è un tizio che ci farebbe muovere a suo piacere come i burattini, te e me! - disse alla figliuola. - Bada ai fatti tuoi: le buone parole, qualche risatina anche, con gli avventori. E poi orecchie di mercante. Hai inteso? -

Ma il tradimento gli venne da un finestrino che dava sul palcoscenico, al quale la ragazza correva spesso di nascosto a mettere un occhio, e dove si scaldava il capo con tutte quelle storie di paladini e di principesse innamorate. Don Candeloro, dacché s'era dichiarato con lei, lasciava socchiusa apposta l'impannata, e le sfuriate di amore, *Rinaldo* e gli altri personaggi, le rivolgevano lassù; tanto che la ragazza ne andava in solluchero, e aveva a schifo poi di lavare i piatti e imbrattarsi le mani in cucina.

"Non pur me, ma infiniti signori questo amore ha fatto suoi vassalli, principessa adorata!..."

- Tu non me la dài a intendere! - brontolava l'oste colla figliuola. - Che diavolo hai in testa? Mi sbagli il conto del vino... Gli avventori si lamentano... Questa storia non può durare -.

La catastrofe avvenne alla gran scena in cui la *bella Antinisca* ritorna alla città di Presopoli, e *Guerino* "quando la vidde" dice la storia "s'accese molto più del suo amore". Smaniava per la scena, sbalestrando le gambe di qua e di là, alzando tratto tratto le braccia al cielo, squassando il capo quasi colto dal mal nervoso. Diceva, con la bella voce cantante di don Candeloro:

"O Dio, dammi grazia ch'io mi possa difendere da questa fragil carne, tanto ch'io trovi il padre mio, e la mia generazione".

E la *bella Antinisca*, dimenandosi anch'essa, e lagrimando (si capiva dalle mani che le sbattevano al viso):

"O Signor mio, io speravo sotto la vostra spada di esser sicura del Regno che voi mi avete renduto, per questa cagione vi giuro per li Dei che come saprò, che voi siete partito, con le mie proprie mani mi ucciderò per vostro amore, e se mi promettete, che finito il vostro viaggio ritornerete a me, io vi prometto aspettarvi dieci anni senza prender marito".

"Non per Dio, sarete vecchia" disse il *Meschino*. "Questo non curo, pur che voi giuriate di tornare a me, di non pigliare altra donna". (Veramente la *bella Antinisca* aveva una voce di grilletto che faceva ridere gli spettatori, giacché don Candeloro per le parti di donna aveva dovuto scritturare a giornata un ragazzetto che cominciava adesso a farsi grandicello, e per giunta recitava come un pappagallo, talché alle volte il principale, sdegnato, gli assestava delle pedate, dietro la scena). Allora la *bella Antinisca* cadde d'un salto fra le braccia del *Guerino*, piegata in due dalla tenerezza, e Grazia, arrampicata al finestrino, si sentì balzare così il cuore nel petto, che le sembrava proprio di essere nei panni dei due felici amanti, allorché il *Meschino*, in presenza di *Paruidas, Armigrano* e *Moretto*, giurò per tutti i sagramenti di farla sua donna e legittima sposa.

- Quando saremo marito e moglie, le parti di donna le farai tu! - le aveva detto don Candeloro. E la ragazza, ambiziosa, si sentiva gonfiare il petto dalla gioia, a quelle scene commoventi che facevano drizzare i capelli in capo ad ognuno, e si vedevano degli uomini con tanto di barba piangere come bambini, fra gli applausi che parevano subissare il teatro. - Sì! sì! - disse Grazia in cuor suo.

Il babbo invece disse di no. C'erano continuamente delle scene fra padre e figlia; quello ripetendo che la storia non poteva durare, e minacciando la ragazza di tornare a maritarsi, e metterle sul collo la matrigna. Lei dura nel proposito: o don Candeloro, o la morte! Quando don Candeloro andò a far domanda formale, vestito di tutto punto, l'oste rispose:

- Tanto onore e piacere. Ma ciascuno sa i fatti di casa sua. Sono vedovo, non ho altri figliuoli, e mi abbisogna un genero che mi aiuti...

- Allora vuol dire che non son degno di tanto onore! - balbettò don Candeloro facendosi rosso, e piantandosi di tre quarti, colla canna d'India appoggiata all'anca.

- Nossignore, l'onore è mio.

- L'onore è vostro, ma vostra figlia non me la date...

- Nossignore. Come volete sentirla?

- Va bene. Umilissimo servo! - conchiuse don Candeloro calcandosi con due dita la tuba sull'orecchio, e se ne andò mortificatissimo.

- Senti - disse poi alla Grazia dal finestrino. - Tuo padre è un ignorante che non capisce nulla. Bisogna prendere una risoluzione eroica, hai capito? -

La ragazza esitava a prendere la risoluzione eroica di infilare l'uscio e venirsene a stare con lui, per costringere poi il babbo ad acconsentire al matrimonio. Ma don Candeloro aveva il miele sulle labbra, e sapeva trovare delle ragioni alle quali non si poteva resistere. Le diceva di fare nascostamente il suo fagotto... con giudizio, s'intende... - C'era anche la sua parte nei denari del padre, - e venirsene dove la chiamavano i cieli. - Non hai giurato per gli Dei di essere mia donna e legittima sposa? -

Il vecchio però era un furbo matricolato, il quale cantava sempre miseria, e nascondeva i suoi bezzi chissà dove. Grazia non portò altro che quattro cenci in un fazzoletto, e quelle poche lire spicciole che aveva potuto arraffare al banco. - Come? - balbettò don Candeloro che si sentiva gelare il sangue nelle vene. - In tanto tempo che ci stai, non hai saputo far di meglio?... -

Questo era indizio che non sarebbe stata buona a nulla, neppure per lui; e le questioni cominciarono dal primo giorno. Basta, era un gentiluomo, e la promessa di Candeloro Bracone era parola di Re. Il bello poi fu che lo stesso giorno in cui andarono all'altare, lui e la sposa, il suocero volle fargli la burletta di andarci lui pure, insieme a una bella donnona colla quale aveva combinato il pateracchio lì per lì. - Senza donne non possiamo stare né io né il mio negozio, cari miei, - gli piaceva ripetere, con quel sorrisetto che mostrava le gengive più dure dei denti, e faceva venire la mosca al naso. - State allegri e che il Signore vi prosperi e vi dia molti figliuoli. Alla mia morte poi avrete quel che vi tocca -.

I figliuoli vennero infatti a tutti e due, genero e suocero, uno dopo l'altro. Ma l'oste prometteva di metterne al mondo quanto il *Gran Sultano*, e di campare gli anni del *Mago Merlino*. Ogni volta che gli partoriva la moglie o la figliuola, invitava tutto il parentado a fare una bella mangiata.

Crescevano i figliuoli, e i pesi del matrimonio; ma viceversa poi diminuivano gli introiti e il favore popolare. Quella gran bestia del pubblico s'era lasciato prendere a certe novità che avevano portato Bracone il vecchio e il proprietario del SAN CARLINO. Adesso nei teatrini di marionette recitavano dei personaggi in carne ed ossa, la *Storia di Garibaldi*, figuriamoci, ed anche delle farsacce con *Pulcinella*; e vi cantavano delle donne mezzo nude che facevano del palcoscenico un letamaio. La gente correva a vedere le gambe e le altre porcherie, tale e quale come le bestie, che don Candeloro ne arrossiva pel mestiere, e preferiva piuttosto fare il saltimbanco o il lustrascarpe, prima di scendere a quelle bassezze. Per non recitare alle panche era arrivato a far entrare in teatro gratis dei vecchi avventori, fedeli alle belle *Storie d'Orlando* e dei *Paladini antichi,* coi quali almeno si sfogava dicendo vituperi dei suoi colleghi:

- Perché non mettere le persiane verdi alle porte, come certi stabilimenti?... Sarebbe più pulito. Dovrebbe immischiarsene la Questura, per Satanasso! -

Però l'ignoranza e l'ingratitudine del pubblico gli facevano cascare le braccia. Non valeva proprio la pena di sudare coi libri, e spendere dei tesori per dare roba buona a degli asini. - Volete lavare la testa all'asino? - Gli stessi burattini recitavano svogliatamente, vestiti come Dio vuole. - Ci si perdeva l'amore dell'arte e d'ogni cosa, parola di gentiluomo! - Dov'erano andati i bei tempi in cui si facevano due rappresentazioni al giorno, la domenica e le feste, e la gente assediava la porta, quend'era annunziato sul cartellone un "personaggio" nuovo? Don Candeloro, colla barba di otto giorni e la zazzera arruffata, passava le giornate intere nella bettola del suocero, a dir corna dei suoi colleghi, o a litigare colla moglie, ora che in casa pareva l'inferno. Grazia, adesso che aveva visto cosa c'era dietro le belle scene impiastricciate, stava con tanto di muso a rammendar cenci anche lei, a stemperar colori, e rompersi braccia e schiena, vociando come un pappagallo per le *Artemisie* e le *Rosalinde,* dall'avemaria a due ore di notte; che specie quando il Signore le mandava dei figliuoli (e succedeva una volta all'anno) era proprio un gastigo di Dio.

- Tu non sai far altro, per Maometto! - le rinfacciava il marito furibondo.

L'oste dava soltanto buoni consigli: - Non vedete che gli avventori corrono al vino nuovo? Cambiate il vino -. Ma don Candeloro non si piegava. Piuttosto avrebbe tolto su baracca e burattini, e sarebbe andato pel mondo a far conoscere chi era Candeloro Bracone, giacché i suoi concittadini non sapevano apprezzarlo. La piazza "non faceva più" per lui! Se c'era ancora un po' di buon senso e di buon gusto dovevasi andare a cercarlo in provincia, dove non erano ancora penetrate quelle sudicerie. Finalmente spiantò davvero il teatro, mise ogni cosa su di un carro, e via di notte, per non dar gusto ai nemici. L'oste prese lui a pigione il magazzino per metterci delle botti, e allargare il negozio, ora che la figliuolanza era cresciuta.

- Te l'avevo detto, - disse alla Grazia. - Quello non è mestiere da cristiani. Se fossi rimasta a vendere del vino. non saresti ridotta adesso a far la zingara. Ben ti stia! -

Don Candeloro viaggiò per valli e per monti, come i cavalieri antichi, con tutto il suo teatro ammucchiato in un carro, e la moglie e i figliuoli sopra. Il guaio era che non si trovava con chi combattere. Quei contadinacci ignoranti ed avari, sfogata la prima curiosità, voltavano le spalle alle "marionette parlanti" o s'arrampicavano sul tetto del teatrino per godersi la rappresentazione *gratis*. Arrivando in un villaggio, don Candeloro scaricava la roba sulla piazza, pigliava in affitto una bottega, un magazzino, una stalla, quel che trovava, e si mettevano a inchiodare e incollare tutti quant'erano. Le stagioni duravano otto, quindici giorni, un mese, al più. Dopo, si tornava da capo a correre il mondo, e in quel va e vieni la roba andava in malora; si mangiavano ogni cosa le spese d'affitto e di viaggio, con dei carrettieri ladri ch'erano peggio dei saracini, e non usavano riguardi neanche a Cristo. Don Candeloro, avvezzo ad essere rispettato come un Dio da simile gentaglia, voleva farsi ragione colle sue mani, in principio, sinché si buscò una grandinata di calci e pugni.

E ci dovette arrivare anche lui, Candeloro Bracone, a fare il pagliaccio se volle aver gente nel suo teatro, e a rappresentare le pantomime nelle quali pigliavasi le pedate nel didietro dal minore dei suoi ragazzi per far ridere "la platea". Quando vide che il pubblico non ne mangiava più in nessuna salsa delle "marionette parlanti", e ci voleva dell'altro per cavar soldi da quei bruti, ebbe un'idea luminosa che avrebbe dovuto fare la fortuna di un artista, se la fortuna baldracca non ce l'avesse avuta a morte con lui... - Ah, vogliono i personaggi veri?...-

Un bel giorno si vide annunziare sul cartellone che la *parte di Orlando*, nei *Reali di Francia*, l'avrebbe sostenuta don Candeloro in persona "fatica sua particolare!" E comparve davvero sul palcoscenico, lui e tutta la sua famiglia, in costume, e armato di tutto punto: delle armature ordinate apposta al primo lattoniere della città, e che erano costate gli occhi della testa. Il pubblico sciocco invece, al vedere quei ceffi di giudei che toccavano i cieli col capo, e suonavano a ogni passo come scatole di petrolio, si mise a ridere e a tirare ogni sorta d'immondizie sui *Paladini*, massime allorché ad *Orlando* cadde di mano la spada, ed egli, tutto chiuso nell'armi, non poté chinarsi per raccattarla. Urli, fischi e mozziconi di sigari in faccia ai *Reali*. Un putiferio da prendere a schiaffi tutti quanti, o da passar loro la spada attraverso il corpo, se non fosse stata di latta, pensando a tanti denari spesi inutilmente.

Da per tutto, ove si ostinava a portare i *Paladini di Francia* "con personaggi veri" trovava la stessa accoglienza: torsi di cavolo e bucce d'arance. Il pubblico andava in teatro apposta colle tasche piene di quella roba. Non li volevano più neanche "coi personaggi veri" i *Paladini*! Volevano le scempiaggini di *Pulcinella*, e le canzonette grasse cantate dalle donne che alzavano la gamba.

- E tu fagliele vedere le gambe! - disse infine alla moglie don Candeloro infuriato. - Diamogli delle ghiande al porco! -

Lui stesso, colle sue mani, dovette aiutare la Grazia ad accorciare la gonnella, litigando con lei che pretendeva di non esser nata per quel mestiere, e si vergognava all'udire i complimenti che il pubblico indirizzava ai suoi stinchi magri. - Per che cosa sei nata? per far la principessa? Il pane te lo mangi, però! - Lui invece era preso adesso dalla rabbia di mostrare ogni cosa, a quegli animali, la moglie, la figliuola ch'era più giovane e chiamava più gente. - Anch'io, se vogliono vedermi!... Voglio calarmi le brache in faccia a quelle bestie! - Faceva delle risate amare, povero don Candeloro! Cercava le farsacce più stupide e più indecenti. Si tingeva il viso per fare il pagliaccio. Sputava sul pubblico, dietro le quinte! - Porci! porci! -

LE MARIONETTE PARLANTI

Si rappresenta

Come il MESCHINO *andò per le* CAVERNE

E trovò MACCO *in forma di* SERPENTE

Col quale parlò

E giunse alla PORTA *della*

FATA

Indi farsa con

PULCINELLA

Il cartellone portava dipinto il *Meschino*, armato di tutto punto contro un drago verde, il quale vomitava delle lettere rosse che dicevano: *Ebbi nome* MACCO, *e andai facendo male sin da piccino*: tutta opera di don Candeloro, il quale dipingeva anche le scene, suonava la gran cassa, vestiva i burattini e li faceva parlare, aiutato dalla moglie e dai cinque figliuoli, talché in certe rappresentazioni c'erano fin venti e più personaggi sulla scena, combattimento ad arma bianca, musica e fuochi di bengala, che chiamavano gran gente.

Diciamo cinque figliuoli, però uno di essi veramente era figlio non si sa di chi, raccolto da don Candeloro sulla pubblica via per carità, ed anche perché aiutasse a lavare i piatti, suonar la tromba e chiamar gente, vestito da pagliaccio, all'ingresso del teatro.

- Martino, fate vedere i vostri talenti, e ringraziate questi signori -.

Martino voltava la groppa, si buttava a quattro zampe e imitava il raglio dell'asino.

Egli era il buffo della Compagnia, faceva il solletico alle donne, e andava a cacciare il naso fra le assi del dietro scena, mentre si vestivano per la farsa. Colla ragazza poi inventava cento burlette che la facevano ridere, e le mettevano come una fiamma negli occhi ladri e sulla faccia lentigginosa.

- Be', Violante, vogliamo rappresentare al vivo la scena fra *Rinaldo* e *Armida*? -

Una volta che don Candeloro lo sorprese a far la prova generale colla sua figliuola, la quale si accalorava anch'essa nella parte, e abbandonavasi su di un mucchio di cenci, quasi fossero le rose del giardino incantato, amministrò a tutti e due tal salva di calci e schiaffi da farne passare la voglia anche a dei gatti in gennaio. - Ah bricconi! Ah traditori! V'insegno io!... - La Violante ne portò un pezzo il segno sulla guancia. Ma ormai aveva preso gusto alle monellerie di Martino, sicché andava a cercarlo apposta dietro le quinte, fra le scene arrotolate, e i cassoni delle marionette, mentre lui smoccolava i lumi per la rappresentazione della sera, o soffiava sotto la marmitta posta su due sassi, nel cortiletto. Gli soffiava fra capo e collo dei sospiri che avrebbero acceso tutt'altro fuoco, pigliandosela colle stelle e coi barbari genitori.

- Sta' tranquilla, - disse Martino, - sta' tranquilla che me la pagherà -.

Adesso era lei che lo stuzzicava, vedendo che il ragazzo, ammaestrato dalle busse, stava all'erta pel principale, coll'orecchio teso e guardandosi intorno prima di allungare le mani verso di lei. Gli portava di nascosto i migliori bocconi; gli serbava, in certi posti designati, il vino rimasto in fondo al fiasco; per rivolgergli le parole più semplici, dinanzi ai suoi, faceva un certo viso come avesse l'anima ai denti, col capo sull'omero e gli occhi di pesce morto; pigliava il tono delle *Clorinde* e delle *Rosamunde* per dirgli soltanto: - Bisogna andare per l'olio, Martino. - Guarda che non c'è più legna sotto la mangiatoia... -

E quando lavorava accanto a lui, sul palco, con le *Artemisie* in mano, gli buttava sul viso le parole infocate della parte, cogli occhi neri che mandavano lampi, e le labbra turgide che volevano mangiarselo.

"O Cieli! Che mai vedo a me dinanzi!... Mio signore... mio bene!"

- Lavora! lavora, sgualdrinella! - borbottava don Candeloro, allungando delle pedate, quando poteva.

- Com'è vero Dio! t'ho detto che me la pagherà! - rispose Martino fra i denti più di una volta. "Si, principessa adorata..."

E gliela fece pagare, un giorno che il principale era andato avanti a *procurar la piazza*, e la Compagnia e la baracca seguivano dietro su di un carro. Martino e la Violante finsero di smarrirsi per certe scorciatoie, in mezzo ai fichi d'India, e raggiunsero poi la comitiva in cima alla salita, scalmanati; Martino trionfante, quasi avesse vinto un terno al lotto, e la Violante che sembrava davvero una principessa, sdilinquendo attaccata al suo braccio, e lagnandosi di avere male ai piedi.

Chi si lagnò sul serio poi fu don Candeloro, che non poteva più maneggiare quel birbo di Martino, divenuto insolente e pigro, minacciando ogni momento di piantar baracca e burattini e andarsene pei fatti suoi.

- Ora che t'ho insegnato la professione, e t'ho messo all'onor del mondo!... ribaldo, fellone!... -

Violante piangeva e supplicava l'amante di non abbandonarla in quel punto.

- Che vuoi? - disse Martino. - Sono stanco di lavorare come un asino pei begli occhi di non so chi. Ci levano la pelle. Non ci lasciano respirare un momento, neppure per trovarci insieme... -

In tre mesi soltanto quattro volte, di notte, a ruba ruba, con una paura del diavolo addosso! Una sera che babbo e mamma avevano mangiato bene e bevuto meglio, la ragazza andò a trovare il suo Martino in sottana, che sembrava la *Fata Bianca*, sciogliendosi in lagrime come una fontana.

- Che facciamo, Dio mio?... Tu dormi invece!...

- Eh? Che vuoi fare? - rispose lui fregandosi gli occhi.

- Non posso più nascondere il mio stato... La mamma mi tiene gli occhi addosso... Bisogna confessare ogni cosa... Tu che hai più coraggio...

- Io, eh? Perché tuo padre mi dia il resto del carlino? Grazie tante! Piuttosto infilo l'uscio e me ne vo. Se tu vuoi venire con me, poi... -

L'idea gli parve buona e l'accarezzò per un po' di tempo.

- Io so fare il salto mortale, l'uomo senz'ossa, il gambero parlante. Tu sei una bella ragazza... Sì, te lo dico in faccia... Vestita in maglia, a raccogliere i soldi col piattello, la gente non si farà tirar le orecchie per mettere mano alla tasca. Andremo pel mondo; ci divertiremo, e ciò che si guadagna ce lo mangeremo noi due. Ti piace? -

Mai e poi mai don Candeloro si sarebbe aspettato un tradimento così nero. Proprio nel meglio della stagione, quando il pubblico cominciava ad abboccare, e da otto giorni che erano arrivati in paese, e avevano piantato le assi nel magazzino dell'arciprete Simola, s'intascavano soldi colla pala, e ogni sera si cenava! Fu allora che Martino e la Violante, sentendosi la pancia piena, sputarono fuori il veleno, e gli appiopparono il calcio dell'asino, la sera che il pubblico affollavasi in teatro per la continuazione delle imprese di *Guerin Meschino* alla ricerca della *Fata Alcida*, e prevedevasi più di venti lire d'incasso.

La moglie di don Candeloro, che da qualche tempo aveva dei sospetti e teneva d'occhio la figliuola, la sorprese tutta sossopra, dietro a Martino, il quale insaccava della roba. Violante, colta sul fatto, le si buttò ai piedi piangendo, come la *Damigella di Pacifero Re del Porchinos*, quando svela il suo fallo al genitore.

- Ah, scellerata! - strillò la madre. - Cos'hai fatto? Tuo padre ora v'accoppa tutt'e due! -

Don Candeloro sopraggiunse in quel punto, facendo il diavolo a quattro appena intese di che si trattava. Sua moglie gridando aiuto, Violante buttandosi dinanzi all'amante per difenderlo eroicamente a costo dei suoi giorni, Martino arrampicandosi sull'intelaiatura delle quinte, con tanto di temperino in mano, i ragazzi strillando tutti in coro: una scena al naturale che chiunque avrebbe pagato l'ingresso volentieri per godersela. Don Candeloro però non dimenticò neppure allora né chi era né quel che aveva a fare.

- Zitti tutti! - gridò colla voce solenne delle grandi rappresentazioni. - Adesso apparteniamo al pubblico, che comincia a venire in teatro. Tu, Grazia, va alla porta, se no entrano di scappellotto. Aggiusteremo i conti dopo, in famiglia -.

Figuriamoci la povera madre che doveva sorridere alla gente incassando i due soldi del biglietto, con quel pensiero e quello spavento addosso!... Le prime scene poi, mentre aiutava il marito che aveva le mani legate dai burattini, e non poteva andare a prendere pel collo i due infami che non comparivano a tempo coi loro personaggi!...

- Che diavolo fanno? Adesso è l'*entrata di Alcida*. Com'è vero Dio, mi rovinano la meglio scena!... -

Il pubblico, che non sapeva niente di tutto ciò, aspettava l'entrata della *Fata Alcida*, la quale doveva sedurre il *Meschino* per bocca della Violante; e lo stesso *Meschino* era rimasto colle braccia in aria, dondolandosi sulla punta dei piedi, e guardando la gente coi suoi occhi di vetro, come a chiedere: - Che succede adesso? -

Succedeva che dietro le quinte c'era una casa del diavolo. Si udiva correre e bestemmiare, e a un certo punto la stessa scena, che figurava una bellissima loggia tutta istoriata a colonne gialle e turchine, ondeggiò come sorpresa dal terremoto. *Guerino* alzò ancora le braccia al cielo, tirato in su sgarbatamente, e uscì di furia, col manto rosso che gli si gonfiava dietro.

- Tradimento! Infami saracini! Voglio berne il sangue! - si udì gridare don Candeloro colla sua voce naturale.

Il pubblico si mise a strepitare. Dei burloni che avevano adocchiato qualche bella ragazza nei primi posti, cominciavano a spegnere i lumi. - Fermi! Ehi! Non facciamo porcherie! - gridavano altri. Nella baraonda si udì il correre dei questurini, che le orecchie esercitate riconobbero subito al rumore degli stivali.

- Musica! musica! Non è niente! niente! -

Ma non ce ne fu bisogno. *Guerino* tornò in scena, piegandosi in due ad inchinare gli spettatori, e dall'altra parte comparve immediatamente la *Fata Alcida*, "di tanta bellezza adorna che la sua faccia splendeva come un sole" come spiegava a voce don Candeloro, il quale accese in quel punto un po' di magnesio, che fece un bel vedere sull'armatura di latta del *Meschino*, e il manto della fata tutto a draghi e bisce d'orpello.

- Bravi! bis! - gridarono i compari, che non ne mancavano.

Si sarebbe udita volare una mosca. Da un canto il *Guerino*, che faceva orecchio di mercante alle seduzioni della *Fata*, e lei che ostinavasi a riscaldare in lui "le ardenti fiamme d'amore" diceva colla sua stessa bocca, e con certi atti di mano anche, tanto che il *Meschino* dimenavasi tutto con un suon di ferraccia, e lasciava intender chiaramente "che se Dio per la sua grazia non gli avesse fatto tenere a mente gli avvertimenti dei *tre santi Romiti* di certo sarìa caduto". La gente si sentiva drizzare i capelli in testa. Uno di lassù, nei posti da un soldo, gridò inferocito:

- Guardati, Meschino! Tradimento c'è! -

Però gli avventori soliti avevano notato che quella non era la voce della *Fata Alcida*, e gli stessi gesti che faceva, di qua e di là, all'impazzata, non avevano niente di naturale. Per certo qualcosa di grosso doveva essere avvenuto dietro le quinte. Sicché da prima furono osservazioni e mormorii, e poi vennero le male parole. Infine allorché invece dei draghi e degli altri incantesimi che dovevano far nascere il finimondo, don Candeloro cercò di cavarsela con una manata di pece greca e picchiando su due scatole di petrolio per imitare il fracasso dei tuoni, scoppiò davvero l'inferno in platea: urli, fischi, bucce d'arance e pipe rotte, che pareva volessero sfondare il sipario. - Pubblico rispettabile, - venne a dire la moglie di don Candeloro più morta che viva, e con un occhio pesto, - ora viene una bella farsa tutta da ridere, nuovissima per queste scene. Onorateci e compatiteci -.

Che farsa! La gente era lì dall'avemaria per godersi appunto la gran scena dell'incantesimo, e aveva speso i suoi denari per vedere "i personaggi", che si azzuffavano sul serio menando botte da orbi, e non don Candeloro, il quale fingeva di prendersi le legnate dal randello imbottito di stoppa e se la rideva poi sotto il naso. Parecchi si buttarono sulla cassetta. Ci fu un piglia piglia fra le guardie e i più lesti di mano. I comici saltarono giù dal palcoscenico, così come si trovavano, mezzo vestiti per la farsa, gridando e strepitando anche loro. Don Candeloro colla camicia di *Pulcinella*, scappò a correre verso la campagna, al buio, in cerca dei fuggitivi, giurando d'accopparli tutt'e due, se li pigliava.

- Li ho visti io, - disse un ragazzo: ce n'è sempre di cotesti: - Son fuggiti per di qua -.

Martino e la Violante correvano ancora infatti, tanta era la paura. Allorché incontravano dei carri per la strada, Violante si buttava dietro una siepe, poich'era in sottanina bianca, così come aveva potuto svignarsela mentre vestivasi per la farsa. Martino, più furbo, fingeva d'andare pe' fatti suoi, o di allacciarsi una scarpa. Poi, quando furono ben lontani, si accoccolarono dietro un muro, e mangiarono del salame, che Martino, innamorato com'era, aveva pensato a mettere da parte. Violante, più delicata e sensibile, badava piuttosto a guardare le stelle, pensando a quel che aveva fatto.

- Dove si va adesso? - chiese sbigottita.

- Domani lo sapremo - rispose lui colla bocca piena.

Cominciava a spuntare il giorno. Violante non aveva portato altro che uno scialletto logoro, sulla sottanina, e tremava dal freddo.

- Hai paura forse? - chiese lui.

- No... no... con te, mio bene... -

Le venivano in mente allora le parlate d'amore che aveva imparato a memoria pei burattini, allorché Martino rispondeva colla voce grossa e facendo smaniare d'amore *Orlando* e *Rinaldo*. Così le damigelle e le principesse si lasciavano rapire dall'amante sui cavalli alati. Martino fermò un carrettiere che andava per la stessa via, e combinò di montare sul carro, lui e la Violante, pagando.

- Hai dei soldi? - chiese lei sottovoce.

- Sì, sta zitta -.

Dopo, per giustificarsi, si sfogò a dir male dei genitori di lei, che li facevano lavorare per nulla e si arricchivano a spese loro. - Infine, - conchiuse, - ho preso il mio. Tanto tempo che tuo padre non mi dava un baiocco -.

Però la Violante non aveva appetito, sentendosi sullo stomaco la paura del babbo, e il peso di quell'azionaccia che Martino gli aveva fatto mettendo le mani nella cassetta.

Lui invece era allegro come un fringuello; accarezzava la ragazza e faceva cantare i soldi in tasca; nelle strade maestre ci stava come a casa sua, e ad Augusta le fece far l'entrata in ferrovia come una principessa.

- Vedi! - le disse, pigliando i due biglietti di terza classe. - Vedi come tratto io! -

Da principio non andava male. Violante era un po' goffa, un po' pesante; ma allorché girava in tondo su di un piede, o s'arrampicava sul dorso di Martino, scopriva tali attrattive che la gente correva in piazza a vedere, e metteva volentieri mano alla tasca. Martino chiudeva un occhio quando correvano anche dei pizzicotti, sottomano, mentre la ragazza girava contegnosa col piattello fra la folla. Pazienza! il mestiere voleva così. Oggi qua, domani lontani delle miglia. - Dove ti rivedranno poi gli sciocchi che si lasciano spillare i soldi per la tua bella faccia? - In compenso si mangiava e beveva allegramente, e lui andava a letto ubriaco, sinché il diavolo ci mise la coda...

La Violante si ubbriacava pure agli applausi e alle esclamazioni salate del pubblico, sicché scorciava sempre più il sottanino, e rischiava di rompersi l'osso del collo nel fare il capitombolo. Per disgrazia s'accorse nello stesso tempo che bisognava slargare di giorno in giorno la cintura, e che le dolevano le reni nel fare le forze. Già quei baffetti gliel'avevano detto a Martino, che non l'avrebbe passata liscia. Sicché le rinfacciava che quando sarebbe divenuta grossa come il tamburone, il pubblico li avrebbe lasciati in piazza tutt'e due a grattarsi la pancia. Per giunta poi aveva dei sospetti su di un Tizio che correva dietro alla Violante, da un paese all'altro, e tirava a farlo becco.

Ne aveva avuti tanti la bella figliuola degli spasimanti che ustolavano dietro il suo gonnellino corto: militari, bei giovani, signori che avrebbero speso tesori! Nossignore! Ecco che ti va a cascare in bocca a quel disperato che portava tutta la sua bottega al collo, e girava anch'esso per il mondo a vendere spilli e mercerie di qua e di là. Per un palmo di nastro la brutta carogna si era venduta! Martino n'ebbe la certezza quando gliel vide al collo, e vide pure il merciaiuolo che lo pigliava colle buone anche lui, e gli pagava da bere per tenerlo allegro.

- Aspetta! - ghignava fra sé e sé Martino alzando il gomito. - Aspetta, che vogliamo ridere meglio quando verrà il momento che dico io! -

Tollerò ancora un po', per necessità, finché la Violante poté aiutarlo a raccogliere soldi sulle piazze, odiandola internamente e dandole in cuor suo tutti i titoli che aveva imparato nei trivi. Poi, un bel giorno, accortosi che il merciaio allungava le mani sotto la tavola verso la Violante, mentre desinavano insieme come amici e fratelli all'osteria, fece una scena indiavolata, tirando fuori il coltello, minacciando gli amici che si frapponevano a metter pace.

- Che pace? Con quella canaglia?... Voglio mangiargli il cuore a tutti e due! - sbraitò raccogliendo i suoi cenci, e tanti saluti alla compagnia!

Il povero merciaio, che si vide cadere sulle braccia la Violante più morta che viva, e gravida di sette mesi per giunta, protestò la sua innocenza, e se la diede a gambe anche lui, la stessa notte. Sicché la sventurata rimase senza amici e senza quattrini, in mezzo a una via, e dovette lasciare all'Ospizio di Maternità il frutto del suo bell'amore.

Così babbo don Candeloro, passando da quelle parti, raccolse di nuovo nell'ovile la pecorella smarrita, ché la misericordia paterna è grande assai, e la ragazza, nel teatro delle MARIONETTE PARLANTI, riusciva di molto aiuto, massime ora che la mamma cominciava a sentire gli acciacchi degli anni e della figliuolanza. Violante lavava, cucinava, aiutava i fratelli nelle prove, mentre il genitore smaltiva l'uggia al caffè. Le marionette in mano sua parlavano davvero. Se la mettevano poi a riscuotere i soldi, in maglia carnicina, la gente entrava in teatro soltanto per rasentarle i fianchi. Sembrava la *Fortuna* delle "Marionette parlanti" come si suol dipingere, col piede sulla ruota e rovesciando il corno dell'abbondanza sul prossimo suo.

- Madre natura m'ha fatto così, - ripeteva dal canto suo don Candeloro nel crocchio degli amici, che si rinnovano sempre in ogni paese e in ogni caffè nuovo, - il cuore largo come il mare e le braccia aperte... -

Cogli anni era diventato filosofo. Aveva imparato a conoscere i capricci della sorte e l'ingratitudine degli uomini. Perciò pigliava il tempo come veniva, e gli amici dove li trovava. Si contentava di portare il corno di corallo fra i ciondoli dell'orologio, e un ferro di cavallo, del piede sinistro, inchiodato sulle assi della baracca.

Era andata su e giù quella baracca. Una volta, quando i figliuoli, fatti grandicelli, aiutavano anch'essi colle forze e nelle pantomime, le MARIONETTE PARLANTI contavano fra le prime di quante ne fossero in giro, e si stava bene. Poi i ragazzi erano sgattaiolati di qua e di là, in cerca di miglior fortuna o dietro la gonnella di qualche donnaccia dello stesso mestiere, e don Candeloro per aiutarsi era stato costretto a riprender Martino che aveva incontrato a Giarratana povero in canna, e ridotto a far qualsiasi cosa per il pane.

- Sono nato senza fiele in corpo, come i colombi, - disse allora don Candeloro. - Le anime grandi si conoscono appunto al perdono delle offese. Se mi prometti di non tornar da capo, ti piglio di nuovo in Compagnia, a quindici lire il mese, alloggio e vitto compreso.

- Sia pure, - rispose Martino che moriva di fame. - Lo fo per amor della Violante, che un giorno o l'altro deve esser mia moglie e legittima sposa. Ma intendiamoci, vossignoria, che non son più un ragazzo!... e se tornate a giocar di mano o a farmi patir la fame, ci guastiamo per l'ultima volta, com'è vero Dio! -

Si rappattumarono anche colla Violante, per intromissione del babbo, il quale però prescrisse che dormissero lontani l'uno dall'altra, in omaggio al buon costume, finché fossero stati marito e moglie. Messosi così l'animo in pace, tornò agli amici e all'osteria, ora che al resto badavano gli altri. Nondimeno capitava spesso di dover sospendere le rappresentazioni per due settimane o tre a causa della Violante, la quale era costretta a tornare di tanto in tanto all'Ospizio di Maternità. Il fidanzato allora vomitava ogni sorta di improperi contro di lei, pigliandosela anche con la suocera, la quale non sapeva tenere gli occhi aperti come faceva lui, protestando di non averci colpa; e don Candeloro metteva pace e tornava a ripetere che quella storia doveva avere un termine, e che li avrebbe menati per le orecchie dinanzi al sindaco tutti e due, e l'avrebbe fatta finita.

Disgraziatamente i tempi non dicevano. Le marionette facevano pochi affari, e la Violante protestava che se Martino non arrivava a metter su teatro da sé, sinché doveva portar lei sola tutta la baracca sulle spalle, non voleva mettersi pure quell'altra catena al collo, e preferiva restar zitella come Sant'Orsola. Lei invece sapeva ingegnarsi col suo pubblico, di qua e di là, e per mezzo delle beneficiate e dei regali riusciva a porre da parte qualche soldo. Don Candeloro vedeva già il momento in cui gli avrebbero dato il calcio dell'asino, come aveva fatto lui con suo padre.

- Così paga il mondo! Non tutti hanno il cuore a un modo! -

E ci aveva pure un'altra spina nel cuore il povero vecchio, al vedere la condotta che teneva la figliuola, e rodendosi internamente contro quella bestia di Martino che non si accorgeva di nulla. Accettava, è vero, per amor della pace, le cortesie e gli inviti a cena dei protettori che la figliuola sapeva trovare in ogni piazza; si lasciava mettere in fondo alla tuba il cartoccio coi dolci o gli avanzi del desinare per la sua vecchiarella che aspettava a casa; ma stava a tavola di mala voglia, senza alzare il naso dal piatto, col cuore grosso. E vedendo Martino che macinava a due palmenti, cuor contento, quell'altro! gli dava fra sé certo titolo che non aveva mai portato, lui!...

- Ah, no! Non nacqui sotto quella stella, io! -

PAGGIO FERNANDO

- Paggio Fernando sarà lei! - esclamò il signor Olinto, puntando l'indice peloso. - Lei sarà un amore di *paggio*, parola d'onore! -

Don Gaetanino Longo, rosso dal piacere, seguitò a tormentare i baffetti che non spuntavano ancora, e balbettò:

- Se crede... se le pare...

- E come! e come! - Il capocomico, col pugno sull'anca e il busto all'indietro, colla tuba bisunta sull'orecchio, e il mento ispido in mano, saettando un'occhiata sicura di conoscitore di fra le setole delle sopracciglia aggrottate, continuava a dire:

- Ma sicuro! Lei ha il fisico che ci vuole! Faranno una bella *macchia* insieme alla mia Rosmunda! -

Allora scoppiarono i malumori e le gelosie fra i dilettanti raccolti intorno al biliardo nel Casino di conversazione. Si udì prima un'osservazione timida, come un sospiro; poscia il coro delle lagnanze: Perché è figliuolo del sindaco!... Perché torna dagli studi col solino alto tre dita!...

- Eh?... Che cosa?... Dicano, dicano pure liberamente. Siam qui apposta per intenderci... fra amici... -

Si fece avanti un giovanotto magro e barbuto, sotto un gran cappellaccio nero, e cominciò:

- Io vorrei... Non dico per la distribuzione delle parti... Non me ne importa... Ma quanto alla scelta della produzione... Mi pare che sarebbe ora di finirla colla camorra...

- Eh? Che dice? Non le piace la *Partita a scacchi* dell'avvocato Giacosa?... Lavoro applaudito in tutte le piazze!... -

L'altro fece una spallata, e l'accompagnò con un risolino che diceva assai. Don Gaetanino, che pigliava le parti dell'avvocato Giacosa, come si sentisse già sulle spalle la responsabilità della parte affidatagli, tirava grosse boccate di fumo dal virginia lungo un palmo, col cuore alla gola.

- Vediamo. Mi trovi di meglio. Cerchi lei, signor... signor... -

Il giovanotto s'inchinò; cavò fuori dal portafogli un biglietto di visita, e lo presentò, con un altro inchino al signor Olinto.

- Ah! ah! corrispondente della *Frusta teatrale* e dell'*Ape dei teatri*?... Felicissimo! Io non domando di meglio che contentare la libera stampa e la pubblica opinione... Vediamo, dica lei. Mi suggerisca, signor... - E tornò a leggere il biglietto di visita.

- Barbetti, per servirla.

- Signor Barbetti, dice lei... Se ci ha sotto mano qualche altra cosa che si adatti meglio al gusto di questo colto pubblico... Qualche lavoro di polso... -

Barbetti si faceva pregare, masticando delle scuse, fingendo di ribellarsi all'amico Mertola, il quale moriva dalla voglia di tradire il segreto dell'amico Barbetti. Infine Mertola non seppe più frenarsi, e alzò la voce, scostandosi dall'amico, additandolo al pubblico per quel grand'uomo che egli era.

- Il lavoro di polso c'è... inedito... la sua *Vittoria Colonna*!... Gli è costata due anni di lavoro!...

- Ah! ah! - fece il capocomico. - Ah! ah! e me lo teneva nascosto, lei! Non sa ch'io sono ghiotto di simili primizie? -

Barbetti s'arrese infine, e tirò fuori dal soprabitino un rotolo legato con un nastro verde.

- Adesso? - rispose il signor Olinto. - Su due piedi? Che mi canzona, caro lei?... Un lavoro di polso come il suo!... Bisogna vedere... bisogna studiare... Intanto dò un'occhiata... -

Colla schiena appoggiata alla sponda del biliardo e il mento nel bavero di pelliccia, andava sfogliando le pagine, aggrottato, e borbottava:

- Bene, bene!... Effetto scenico!... Bei pensieri!... Stile elevato!... In questa parte la mia signora... Non le dico altro!...

- Con permesso! con permesso! - interruppe il cameriere del Casino, spingendosi avanti a gomitate. - Ecco qui don Angelino e il notaro Lello. Devo preparare il biliardo per la solita partita -.

Il capocomico si cacciò la mazza sotto l'ascella, e raccattò gli scartafacci e i telegrammi sparsi sul panno verde.

- Va bene, va bene, ne riparleremo. Intanto bisogna far girare la pianta -.

Fu il più difficile. I giuocatori di tressette rispondevano picche, e brontolavano contro quel forestiere che portava la iettatura. Seduta stante si dovettero ribassare i prezzi. Ma l'avvocato Longo, sentendo che c'era per aria un dramma dell'avvocato Barbetti, repubblicano e suo avversario nel Consiglio, una gherminella per togliere la parte di Paggio Fernando al suo figliuolo, dichiarò che non dava il teatro per rappresentazioni immorali e sovversive. Il signor Olinto, che andava mostrando la pianta del teatro col cappello in mano, gli disse:

- Ma che! Lei ci crede alla *Vittoria Colonna*? Una porcheria! Servirà per accendere la pipa. Lasci fare a me che so fare... Me ne trovo tra i piedi una ogni piazza, delle *Vittorie*!...

- Bene, faccia lei. Ma a buon conto sa che al sindaco spetta un palco, e un altro alla Commissione teatrale, senza contare il tanto per cento sull'introito lordo a beneficio dell'Asilo Infantile -.

Le trattative durarono otto giorni. Il signor Olinto si scappellava con tutto il paese, per rabbonire la gente, e la signorina Rosmunda aiutava dal balcone, civettando, vestita di seta, con un libro in mano, mentre la mamma badava alla cucina. Don Gaetanino Longo, oramai sicuro del fatto suo, aveva confidato all'amico Renna:

- Quella me la pasteggio io! -

E passava e ripassava sotto il balcone, succhiando il virginia, a capo chino, rosso come un pomodoro, lanciando poi da lontano occhiate incendiarie.

Il signor Olinto, che l'incontrava spesso, gli disse infine:

- Voglio presentarti alla mia signora. Così ti affiaterai pure con Jolanda -.

Il tu glielo aveva scoccato a bruciapelo, fin dal primo giorno. Ma quel tratto d'amicizia commosse davvero don Gaetanino. Trovarono la signorina Rosmunda che stava leggendo accanto al lume posato su di un cassone, colla fronte nella mano, la bella mano delicata e bianca che sembrava diafana. Aveva i capelli nerissimi raccolti e fermati in cima al capo da un pettine di tartaruga, un casacchino bianco e un cerchietto d'argento, dal quale pendeva una medaglina, al polso. Da prima alzò il capo arrossendo e fece un bell'inchino al figliuolo del sindaco. Gli occhioni scuri e misteriosi sotto le folte sopracciglia lasciarono filare uno sguardo lungo che gli cavò l'anima, a lui! Ma in quella comparve la mamma infagottata in una vecchia pelliccia, coll'aria malaticcia, un fuoco d'artificio di ricciolini inanellati sulla fronte, e le mani, nere di carbone, nei mezzi guanti.

- Da artisti, alla buona, senza cerimonie - disse il signor Olinto. E cominciò a parlare dei suoi trionfi e delle famose candele che gli dovevano tanti autori che adesso andavano tronfi e pettoruti; e delle birbonate che aveva salvato da un fiasco sicuro, e passavano ora per capolavori.

- Anche quella *Vittoria Colonna*, vedi, se mi ci mettessi!...

Don Gaetanino assentiva col viso e con tutta la persona. Ma intanto guardava di sottecchi la figliuola, che aveva il viso lungo e il naso del babbo, ingentiliti da un pallore delicato, da una trasparenza di carnagione che sembrava vellutata, dalla polvere di cipria abbondante, e da una peluria freschissima che agli angoli della bocca metteva l'ombra di due baffetti provocanti. Essa di tratto in tratto gli saettava addosso di quelle occhiate luminose che lo irradiavano internamente.

- Ah! anche il signore si occupa?...

- Sì. Non hai inteso? Lui è Paggio Fernando...

Essa allora gli piantò addosso gli occhi e non li mosse più, perché egli vedesse ch'erano proprio belli. Il babbo colse giusto quel momento per passare in cucina; e don Gaetanino, sentendo di dover spifferare qualche cosa, balbettò col cuore che battevagli forte:

- Signorina!... son fortunato!... davvero!...

- Oh! Che dice mai?... Piuttosto io!...

- Il bicchiere dell'amicizia! - interruppe il signor Olinto tornando con una bottiglia in mano e gli occhi già accesi. - Da artisti, alla buona. Scuserai... Non abbiamo mica il buon vino che bevete voi altri proprietari del paese... -

La ragazza non volle bere. Il giovanetto, per cortesia, bagnò appena le labbra in quell'aceto, dicendole:

- Alla sua salute! -

Essa alzò gli occhi su di lui, e lo ringraziò con quella sola occhiata.

- Divino!... Squisito! - sentenziò don Gaetanino, che non sapeva più quel che si dicesse. - Vi manderò domani un po' di quel vecchio... Questo qui è eccellente... Non c'è che dire... Ma domani... -

La mamma voleva protestare. Il marito le chiuse la parola in bocca:

- Per qualche bottiglia di vino... Non è un gran male. Non è un regalo di valore. Fra amici... pel bicchiere dell'amicizia. Già verrai a berlo anche tu... la sera, quando non avrai altro da fare... intanto vi affiaterete con Jolanda -.

Jolanda appoggiò l'invito con un'altra occhiata, e Paggio Fernando balbettò:

- Sì!... certamente!... felicissimo!... -

Stava poi per rompersi l'osso del collo quando imboccò la botola della scaletta. Fuori c'era un bel chiaro di luna, una striscia d'argento fredda e silenziosa che divideva la strada in due. Egli camminava in quella striscia d'argento, col piede leggiero, il cervello spumante, il virginia rivolto al cielo, il cuore che batteva a martello, e gli diceva: - È tua! è tua! -

A casa trovò una lavata di capo per l'ora tarda, e andò a letto senza cena. Il povero giovane passò una notte deliziosa, cogli occhi sbarrati nel buio, a veder pettini di tartaruga e occhiate lucenti che illuminavano la camera. Appena uscito, il giorno dopo, provò subito una smania di correre dall'amico Renna.

- Una divinità, caro mio! Una cosa da ammattire! -

Renna, ch'era indiscreto, volle sapere a che punto fossero le cose, e lo costrinse a inventare dei particolari.

- Benone! - conchiuse. - Sai però cosa ti dico? Alla lesta! Non perdere il tempo a filare il sentimento. Già è donna di teatro; non ti dico altro!

- Io?... Filare il sentimento?... - borbottò Gaetanino, quasi reputandosi offeso. - Vedrai!...

Ma il signor Olinto era lì ogni sera, a fumare la pipa e centellinare il vino dell'amicizia. Quando lui usciva a prender aria poi, la mamma, che stava appisolata in un cantuccio, collo scaldino sotto le sottane, apriva un occhio. Filavano le occhiate, del resto, che era uno struggimento, e le pedate sotto la tavola, e il fuoco e l'accento di certe frasi, alle prove:

Io ti guardo negli occhi che son tanto belli!!!

- Così - esclamava il capocomico, picchiando della mazza per terra. - Faremo saltare in aria il teatro! -

Intanto quel briccone di Barbetti metteva dei bastoni nelle ruote. Erano giunte due copie della *Frusta teatrale* con un articolaccio che diceva ira di Dio della camorra letteraria ed artistica, e fecero il giro del paese. La pianta del teatro rimaneva mezzo vuota. Don Gaetanino, per onore di firma, dovette prendere un palco ad insaputa del genitore. C'erano pure delle altre nubi in quel cielo azzurro. Il vino vecchio scorreva com'olio; e l'amico Olinto qualche volta, conducendolo a braccetto per le strade remote, gli faceva delle confidenze:

- Sono sulle spese... Otto giorni inoperoso sulla piazza... La recita non va... - Don Gaetanino dovette carpire le chiavi del magazzino e vendere del grano di nascosto.

Intanto il capocomico, per rabbonire il corrispondente della *Frusta teatrale* e dell'*Ape dei teatri,* aveva tirato in casa pur lui, a studiare *Vittoria Colonna,* insieme alla sua signora e alla ragazza. Quando don Gaetanino trovò anche Barbetti installato accanto alla Rosmunda, col cappellaccio in testa e il bicchiere in mano, fece tanto di muso, e andò a sedere in disparte.

- Lei mi deve fare entrare Vittoria alla terza scena - stava dicendo il capocomico. - C'è più interesse e movimento. Un valletto solleva la tenda, giusto all'ultima battuta mia: "sulla tua corona superba, il mio piede sovrano di pezzente!..." e comparisce lei, bella, maestosa, imponente... -

E così dicendo additò la sua signora. Costei al richiamo spalancò gli occhi di botto, e si rizzò sulla vita, col viso di tre quarti, e un sorriso sospeso all'angolo della bocca. Rosmunda finse di dover andare di là, e passando vicino a don Gaetanino disse piano:

- Che seccatore!...

- No! - ribatté Barbetti solennemente. - Non muto neppure una virgola! Mi farei tagliare la mano piuttosto!

- Ah! Bene! bene! Questo si chiama aver coscienza artistica! Non come tanti altri che magari vi aggiungono o tagliano degli atti interi... quasi fosse un giuoco di bussolotti!... Mi pareva soltanto... pel movimento scenico... per l'interesse... per la pratica che ci ho!... Ma già, lei è il miglior giudice. Alla sua salute! -

Don Gaetanino vedeva nell'altra stanza lampeggiare al buio gli occhi della Rosmunda, la quale si voltava a guardarlo di tanto in tanto. Poi essa ritornò con un lavoro all'uncinetto e gli si mise allato.

- Che hai, Paggio Fernando?... - gli chiese sottovoce, con una musica deliziosa nella voce, e i begli occhi chini sul lavoro.

Allora senza curarsi di Barbetti, senza curarsi di nessuno, egli le disse il suo segreto, col viso acceso, colle parole calde che le balbettava all'orecchio come una carezza. Essa chinavasi sempre più sul lavoro, quasi vinta, scoprendo la nuca bianca. Poscia si sollevò con un sospiro lungo di cui non si udì il suono, appoggiando le spalle alla seggiola, colle mani abbandonate sul grembo, la testa all'indietro, il viso pallido, la bocca semiaperta, gli occhi languidi di dolcezza che si fissavano su di lui.

Ma quello sfacciato di Barbetti non se ne dava per inteso. Sembrava anzi che si pigliasse da sé la sua parte di confidenza e d'intimità in casa dei comici. Era lì ogni sera, stuzzicando la ragazza a fare il chiasso, bevendo il vino di don Gaetanino, giuocando a briscola col signor Olinto, sparlando di questo e di quello. - Da artisti! Una vita quieta e tranquilla, che si sarebbe dimenticato volentieri di cercar le piazze e le scritture, in quell'angolo del mondo! - diceva il capocomico. Quando non c'era l'amico Barbetti, faceva dei *solitari*, o si esercitava in certi giuochi di mano coi quali aveva messo sossopra dei teatri. Don Gaetanino, purché lo lasciassero quieto nel suo cantuccio, portava nelle tasche del cappotto salsicciotti e altri salumi, che piacevano tanto alla mamma, felicissimo quando poteva starsene insieme alla Rosmunda, colle mani intrecciate, guardandosi negli occhi, spasimando di desiderio, e volgendo le spalle agli altri.

- Eh? a che punto siamo? - chiedeva il Renna di tanto in tanto. Don Gaetanino rispondeva con un sorriso che voleva sembrar discreto.

- Ma c'è sempre Barbetti?

- Ci vado di notte... - confessò finalmente Gaetanino facendosi rosso, - dalla finestra!... -

Tutto il paese sapeva ch'egli era l'amante della "prima donna" e papà Longo sequestrò le chiavi della dispensa, vedendo diradare i salsicciotti appesi al solaio, e avendo anche dei sospetti quanto al grano e al vino vecchio. Fu un affare serio, poiché l'orologio d'argento messo in pegno non durò neanche quarantott'ore. Per giunta il povero don Gaetanino era geloso di quella bestia di Barbetti, il quale colla Rosmunda si pigliava troppa libertà, senza educazione, subito in confidenza, con quelle manacce sudice sempre per aria, e le barzellette salate che facevano ridere la ragazza. Due o tre volte, giungendo prima dell'ora solita, li aveva trovati a tavola tutti quanti, mangiando e bevendo alla sua barba. Vero è che Rosmunda si era alzata subito, con un pretesto, ed era venuta a dirgli in un cantuccio:

- Quel seccatore!... L'ho sempre fra i piedi! -

Le prove tiravano in lungo, come la vendita dei biglietti per la serata. Il signor Olinto passava le giornate dal barbiere, al caffè, nelle spezierie, dando anche la sera una capatina nel Casino di conversazione, cavando fuori ogni momento la pianta, fermando la gente per le strade col cappello in mano. Aveva pure radunata una Commissione, "senza colore politico", per *proteggere la serata*, il presidente della Società operaia insieme al vice pretore, i quali avevano accettato soltanto per godersi la *Partita a scacchi* gratis. A Barbetti poi diceva, con una strizzatina d'occhi che doveva chetarlo:

- Abbi pazienza! Prima bisogna adescare il pubblico con quella roba lì! Più tardi poi... se abboccano... fuoco alla grossa artiglieria! E diamo mano all'arte sul serio! -

Perciò ogni mattina alle 10, tutti in teatro per le prove: lui gesticolando colla canna d'India in mano e predicando dentro il bavero di pelo; la sua signora, come una marmotta, colla sciarpa di lana intorno al capo; Rosmunda col nasino rosso sul manicotto di pelle di gatto, e la veletta imperlata dal freddo.

- Là! Fatemi suonare quei versi! -

Oh! Ma non sai, Jolanda, che ho giuocato la vita?

- Flon! flon! flon! La gamba un po' più avanti! La mani sul petto! Viva quella mano, perdio! che palpiti e frema! Tu sei innamorato della mia ragazza... -

Il fatto è che a dirglielo in versi dinanzi a tanta gente, don Gaetanino diventava un minchione. C'erano pure gli altri dilettanti, in posizione, ad aspettare la loro battuta colla bocca mezzo aperta, e il cappellaccio di Barbetti che andava svolazzando al buio per la platea, come un uccello di malaugurio.

Jolanda al contrario, padrona di sé e del palcoscenico, si muoveva come una regina, agitava drammaticamente il manicotto, si piantava sull'anca, col seno palpitante, il torso audace, gli occhi stralunati sotto la veletta.

Tu giungesti, Fernando, tu che sei forte e bello.

E una voce nell'anima mi gridò tosto: È quello!...

- Perdio! Porca fortuna! - il babbo picchiava con forza il bastone sulle tavole. - Un insieme come questo!... Il pubblico balzerà in piedi, vi dico!... Dove me lo trovate?... Li tengo negli stivali tutti quei cavalieri e commendatori, quanto a saper mettere in scena!... È che la fortuna!... -

Allora se la pigliava colla cabala, col gusto corrotto del pubblico, coi tempi che non dicevano, e deplorava che ora si corra dietro all'apparato, ai vestiti delle prime attrici, roba che non ha nulla a fare coll'arte, anzi che la corrompe. Un'artista, per contentare tutti al giorno d'oggi deve fare quel mestiere!

Don Gaetanino, mortificato, scusavasi col dire:

- Sicuro... quando avrò il costume... Adesso, con questi abiti... mi sento tutto... -

Finalmente, papà Longo sequestrò anche le chiavi del magazzino. Allora il signor Olinto accorciò le prove. A Barbetti, che gli ronzava sempre intorno colla *Vittoria Colonna*, disse chiaro e tondo:

- Mio caro, se mi dai teatro pieno, volentieri... Ma se no, salutami tanto donna Vittoria. Da tre settimane son qui sulle spese! -

Sembrava che la sera della recita alla Rosmunda le parlasse il cuore. Nervosa, irrequieta, correndo ogni momento dinanzi allo specchio per darsi un po' di cipria, o per accomodarsi meglio la parrucca bionda.

Appena i tre violini della Filarmonica attaccarono il valzer di *Madama Angot*, essa stessa si buttò singhiozzando nelle braccia di Paggio Fernando, il quale aspettava dietro una quinta, irrigidito, e lo baciò sulla bocca, lievemente, tenendolo discosto per non sciupare il belletto.

- Che hai, Rosmunda?...

- Ora andremo via... fra qualche giorno!... Non ci vedremo più! -

Comparve all'improvviso il babbo, come uno spettro, infarinato, bianco di pelo, colle calze bianche della moglie tirate sulle polpe, e due ditate nere sotto gli occhi: - Ragazzi! attenti! Fuori di scena! -

Andò a rotta di collo la *Partita a Scacchi*. Sia che ci fosse "il partito contrario"; sia che Paggio Fernando, con quei stivaloni e quella penna di struzzo dinanzi agli occhi, perdesse la tramontana. Incespicò, s'impaperò, batté i piedi in terra, tornò da capo: insomma un precipizio. L'amico Olinto, bestemmiando nel barbone di bambagia, gli faceva degli occhiacci terribili. Jolanda fu lì lì per isvenire. Barbetti e tre o quattro amici suoi dal cappellaccio repubblicano, in piedi addirittura fischiavano come locomotive. La mamma di don Gaetanino e tutto il parentado se ne andarono prima che calasse la tela. Il Sindaco, furibondo, voleva fare arrestare tutti quanti.

Ma fu peggio il giorno dopo, quando il povero innamorato, di sera, pigliando le strade fuori mano, andò a trovare la Rosmunda, con tanto di muso e bisbetica, che gli fece appena la carità di un'occhiata e di una parola. Meno male l'amico Olinto, che non ne parlava più e badava soltanto a fare i conti dello spesato, e con Barbetti, il quale prometteva mari e monti, e aveva di nuovo intavolato il discorso della *Vittoria*.

- Se avessi dato retta a me!... Quella è roba che fa ridere oramai... Non parlo per l'esecuzione... -

Più di una volta, in quella sera disgraziata, don Gaetanino accarezzò l'idea del suicidio. Girovagò sin tardi per le strade buie come l'inferno. Andò a chinarsi sul parapetto del Belvedere, scivolando sui mucchi di sterro, colla morte nell'anima. Da per tutto, nella vallata scura e sinistra, nel cielo nuvoloso, sugli usci neri, vedeva il viso di lei rigido e chiuso; la vedeva ancora colla parrucca bionda e il bacio sulle labbra di carminio. Non chiuse occhio tutta la notte, tormentato da quella visione implacabile, colle stesse parole di Paggio Fernando che gli martellavano le tempie, ridicole, simili agli sghignazzamenti della platea, che gli facevano cacciare il capo disperatamente fra i guanciali.

Poi, come tutto passa, anche Rosmunda si calmò; il padre stesso di lei venne a cercarlo sin nella strada. Ricominciarono a far girare la pianta, e parlare di un'altra recita con un "lavoro originale di penna paesana".

Il capocomico e Barbetti tornarono a passar la sera discorrendo di *Vittoria Colonna*, egli e Rosmunda parlando di tutt'altro, a quattr'occhi, in un cantuccio, tenendosi le mani, benedicendo a quella *Vittoria* che tratteneva ancora in paese papà Olinto e la sua ragazza. Ma la gente non voleva più saperne di mettere mano alla tasca per simili sciocchezze. Il teatro rimaneva quasi vuoto. Barbetti seguitava a pigliarsela colla camorra, e don Gaetano era indebitato sino agli occhi. Infine suo padre, vedendo che quella musica non cessava, ed egli rischiava davvero di perdere il figliuolo che già gli si ribellava contro, tanto era innamorato, prese un partito eroico: salassò il bilancio comunale di un centinaio di lire, raccolse un altro gruzzolo per contribuzione, e mandò i denari ai comici per le spese del viaggio.

Che agonia l'ultima sera! Che schianto mentre Rosmunda preparava i bauli colle mani tremanti, e la mamma faceva friggere in cucina un po' di pesce per la cena d'addio! Don Gaetanino seguì la Rosmunda anche lì, dinanzi alla mamma che voltava le spalle, tenendola per mano, appoggiati al muro tutti e due, la ragazza singhiozzando forte come una bambina, nei brevi istanti che la mamma discretamente li lasciava soli.

- Addio!... per sempre!... Non ci vedremo più!... Sempre così!... sempre così!... -

Ora gli parlava a cuore aperto, lamentandosi a voce alta, a rischio d'essere udita dal Barbetti. Che gliene importava? Non si sarebbero visti mai più! così era stato sempre, tutta la sua vita, da un paese all'altro, ogni due o tre settimane uno strappo al cuore, appena il cuore si attaccava a qualcuno...

- Ti ho voluto bene, sai! Tanto bene! tanto! - E lo guardava fisso, accennando anche col capo, cogli occhi pieni di lagrime.

L'amico Olinto, baciandolo sulle due guance, coi baffi ancora umidi di salsa, gli disse all'ultimo momento:

- Arrivederci, Paggio Fernando! Le montagne sole non si muovono. Chissà!... Rammentati l'amico Olinto, in giro pel mondo, e viva l'allegria! -

Don Gaetanino Longo rimase Paggio Fernando: nel paese, all'Università, più tardi, quando vinse il concorso di notaio, consigliere comunale, maritato, padre di famiglia: Paggio Fernando! E la moglie, per giunta, gelosa come una tigre per quel soprannome che gli faceva sospettare non so che infedeltà.

Dopo un gran pezzo, a Roma, dove aveva accompagnato il Sindaco per certo affare del municipio, rivide in teatro la Rosmunda, acclamata, festeggiata, tutti gli occhi su di lei, tutte le mani che l'applaudivano. Provò un tuffo nel cuore, soffiandosi il naso come una trombetta, coi lucciconi di tanti anni addietro che gli tornavano agli occhi. Ma Renna, segretario comunale, ch'era con lui nello stesso palco, se la rideva invece nella barba grigia; e Severino, il suo ragazzo, di già alto così, gli fece capire quant'era sciocco.

- Guarda, papà che piange! Se è tutta una finzione!... -

I ragazzi al giorno d'oggi hanno più giudizio dei vecchi.

LA SERATA DELLA DIVA

- Sublime!... impareggiabile!... divina!... - acclamarono in coro gli ammiratori della seratante ammessi all'onore d'esprimerle a viva voce i loro entusiasmi.

- Celeste! - le soffiò sulla nuca Barbetti, il cronista teatrale.

La divina, imbacuccata nella pelliccia preziosa che la cameriera le aveva buttato premurosamente sulle spalle appena fra le quinte, ansante, col viso acceso, passò modestamente orgogliosa in mezzo alla folla degli amici che le facevano ala sino all'uscio del camerino, ringraziando col sorriso distratto i suoi ammiratori.

C'erano tutti quelli della *piazza*. Il principe d'Antona, in giacchetta, come uno che da per tutto si reputa in casa propria, Barbetti e il banchiere Macerata in cravatta bianca come dei principi; i soliti amici di tutte le prime donne che passano pel palcoscenico dell'Apollo. C'erano anche delle facce nuove, che se ne stavano timidamente in seconda fila: un giovanotto pallido e dagli occhi sfavillanti che tartagliava, una signora in voce di poetessa, la quale eclissavasi con affettazione dietro agli altri; e un po' in disparte il *Re di cuori*, come lo chiamavano, il *patito* della signora Celeste, un bel giovane taciturno che assumeva un'aria misteriosa. Barbetti scriveva già le impressioni della serata sul ginocchio, posando lo scarpino inverniciato sulla sponda del canapè, elegantissimo e insolente, quand'era in cravatta bianca, mugolando fra le labbra:

- Ah, Celeste mia! Celeste voluttà!... -

Lontano, al di là della scena buia e di un caos d'attrezzi, continuava ancora l'applauso, col crepitìo di un fuoco d'artifizio. Delle ballerine discinte si affacciavano alle ringhiere dei camerini soprastanti. Il buttafuori, in maniche di camicia, accorreva scalmanato. Le stesse voci plaudenti ripigliarono:

- Sentite! sentite!... Vi vogliono ancora!... Li avete proprio elettrizzati!...-

La diva, nell'orgoglio del trionfo, fece un atto sublime di disdegno, lasciandosi cadere quasi sfinita sul canapè, accanto al ginocchio del cronista, e colla coda dell'occhio seguiva il lapis d'oro di lui, mentre rispondeva col solito sorriso stracco ai complimenti che le piovevano da ogni parte. L'impresario venne in persona a supplicarla di "accondiscendere al desiderio del pubblico", arruffato, gongolante, col sorriso cupido che voleva sembrar benevolo.

- Cara signora Celeste... abbiate pazienza!... un momentino solo!... Buttano sossopra il teatro, se no!... -

La trionfatrice, a cui gli occhi sfavillavano di desiderio, ebbe però il coraggio di ripetere il magnanimo rifiuto, stringendosi nelle spalle, questa volta in barba all'uomo che teneva la cassetta. Ma il giornalista paternamente le tolse la pelliccia di dosso, senza dir nulla, e la spinse verso la ribalta in un certo modo che significava:

- Via, via, figliuola, non facciamo sciocchezze -.

L'applauso, quasi soffocato sino allora, rinforzò a un tratto collo scrosciare impetuoso di una grandinata. Delle acclamazioni ad alta voce irruppero qua e là. E a misura che l'entusiasmo s'eccitava, propagandosi dall'uno all'altro, dei visi accesi, delle mani inguantate, dei petti di camicia candidissimi sembravano staccarsi confusamente dalla folla, e avanzarsi verso l'attrice. Più vicino, dinanzi a lei, dei professori d'orchestra si erano levati in piedi, plaudenti, e sino in fondo alla vasta sala, lungo la fila dei palchi gremiti di spettatori, nel brulichìo immenso della folla variopinta, si sentiva correre, quasi un fremito d'entusiasmo, l'eccitamento delle note d'Aida ancora vibranti nell'aria e dei seni ignudi che si gonfiavano mollemente, tutta la vaga sensualità diffusa per la sala, che rivolgevasi verso l'attrice e l'avviluppava come una carezza del pubblico intero - colle mani che si stendevano verso di lei per applaudirla - colle grida che inneggiavano al suo nome - col luccichìo dei cannocchiali che cercavano il suo sorriso ancora inebbriato, il sogno d'amore ch'era ancora nei suoi occhi, l'insenatura delicata del suo petto e la curva elegante della maglia che balenava tratto tratto fra le pieghe della tunica d'Aida, trasparente e semiaperta, quasi cedendo già all'invito delle braccia tese verso di lei, mentre essa inchinavasi dolcemente, col sorriso tuttora avido, volgendo sguardi lunghi e molli che cercavano l'amore della folla.

- Proprio così! - stava dicendo il giornalista che aveva fretta di andarsene a cena. - Stasera non ce n'è più per noialtri. Siamo in troppi, amici miei! Vi pare?... Dopo aver dato il cuore a duemila persone... e in musica per giunta!... -

E Barbetti stonacchiò sotto il naso del *Re di cuori*:

- Morir d'amor per te!... per teee!... -

Il principe sorrise lievemente, stendendosi sul divano. Macerata, mentre la diva rientrava nel camerino, ribatté con molto spirito:

- Va bene. Vuol dire che noi rappresentiamo l'entusiasmo pubblico... la deputazione dei dimostranti venuta a prendere l'*accolade*!... E la vogliamo, per bacco! -

Così dicendo fece mostra di aprirle le braccia confidenzialmente. Ella vi mise soltanto la pelliccia, sedendo accanto al principe, il quale le baciò la mano.

- Un successone!... un vero trionfo! - ripeteva intanto il coro.

Ma essa non dava retta. Sembrava assorta, un po' stordita dall'applauso, e interrogava solo Barbetti con uno sguardo insistente.

Questi chinò il capo affermando, senza dire una parola.

- Ci penserete voi al telegrafo? - diss'ella un momento dopo.

Barbetti esitò.

- Va bene, ci penserò io... c'è tempo... -

Una dozzina di persone pigiavansi nel camerino. E delle altre teste si ammonticchiavano all'uscio, degli altri visitatori sopraggiungevano: il direttore d'orchestra che veniva a congratularsi "del legittimo successo", un compositore famoso per cercare dei complimenti da per tutto, col pretesto di farne agli altri:

- Ah, signora Celeste, non ci siete che voi!... il vostro metodo!... la vostra voce!... l'arte vostra!... -

Per cinque minuti si parlò anche d'arte e di musica. Il giovanetto tartaglione, strozzato dall'emozione, balbettò qualche frase sconnessa, facendosi rosso, di una fiamma sincera d'entusiasmo che avvivava le sue guance e i suoi occhi giovanili, e faceva sorridere la commediante. La poetessa si fece avanti alla fine, bisbigliando a mezza voce:

- Mia cara... Non ho saputo resistere... Quali sensazioni deliziose!... -

Il principe si era alzato per cederle il posto; ma essa preferiva drappeggiarsi nel suo mantello, per recitare con voce dimessa un madrigale pomposo. Barbetti che si era messo a sedere sul bracciolo del canapè e la guardava insolentemente, si chinò poi all'orecchio della signora Celeste, dicendole:

- Ah, figliuola mia, se m'innamorate anche le donne, adesso!... -

L'attrice riceveva tutti quegli omaggi negligentemente seduta sul canapè, come in trono, sorridendo a mala pena di tanto in tanto, in aria distratta, quasi tendesse ancora l'orecchio al rumore degli applausi, quasi cercando ancora il suo pubblico delirante coll'occhio assorto che fissavasi incerto su chi parlava. E tornava a sorridere incontrando gli occhi sfavillanti del giovinetto ingenuo che la divoravano. Fragranze rare e delicate emanavano dai fiori ammucchiati da per tutto, sulla poltrona, sulle seggiole, sul tavolinetto che reggeva lo specchio, fra le quinte: dei mazzi enormi, dei monogrammi inquadrati su dei cavalletti, delle giardiniere che impedivano il passo e che nessuno guardava; un profumo delizioso di vari odori che andava alla testa e inebbriava al pari della musica, al pari dell'amore d'Aida, al pari delle parole sonanti accompagnate dal ritmo armonioso, al pari degli applausi della platea, dei tanti visi accesi per lei, dei tanti cuori che essa aveva fatto palpitare, di tante fantasie e tanti vaghi desideri che essa aveva destato e che erano venuti a deporsi ai suoi piedi, coll'adulazione ingenua e ardente del collegiale che aveva osato mandarle la sua dichiarazione d'amore per la posta, col francobollo da cinque centesimi: - "Stanotte vi ho sognata... Mi pareva di essere sotto un bell'albero, in un ameno giardino... e un usignuolo cantava colla vostra voce..." - oppure colla lusinga che era nell'articolo del giornale e nei versi dedicati a lei: "Celeste scende degli umani al core..." - "Per descrivere le impressioni veramente celestiali destate dal canto della grande artista signora Celeste..." - Le parole e le frasi che l'avevano inneggiata in tanti modi si ripetevano in quel momento vagamente dentro di lei, quasi un'altra armonia interiore, tutte quante, le più insulse come le più artificiose; le facevano gonfiare il cuore egualmente del ricordo di tutti i suoi ammiratori - dall'adolescente imberbe che rizzavasi in piedi affascinato, dietro le spalle della mamma, nel palchetto di proscenio, al giornalista che smetteva il sorriso canzonatorio quando le parlava - al diplomatico che disertava il Circolo per lei, e le offriva le ultime fiamme avanzate dalle emozioni del giuoco e della *gran vita* - all'operaio che le gridava brutalmente il suo entusiasmo dalla piccionaia. - Tutti, tutti. - Fin l'impresario che si mostrava amabile - fino il telegramma che andava a cercarla in capo al mondo - fino il cronista di provincia che assediava il portiere del suo albergo - dovunque, in ogni *piazza*, fin nelle stagioni di riposo, ai bagni, ai quattro punti cardinali, sempre, lo stesso culto l'era stato tributato in tutte le lingue, lo stesso sentimento essa aveva letto in viso ad ammiratori di tutte le razze, il sentimento che le indicava il valore della sua persona e ispiravale l'amore di tutto ciò che riferivasi a lei, il teatro, l'arte, Aida, Valentina, Margherita, tutte le creazioni che incarnavansi in lei. E sentiva a momenti in quel trionfo di sé, in quell'orgoglio sconfinato del suo *io*, una tenerezza, una gratitudine, una simpatia, un'indulgenza per tutti gli omaggi che erano venuti a lei, comunque fossero, da qualunque parte venissero, e che si personificavano in tanti ricordi, in tante date, dei momenti deliziosi, delle parole che le avevano fatto palpitare il cuore un momento, di qua e di là... Chi poteva rammentarsi? Delle fisonomie e dei lembi di paesaggio le tornavano dinanzi agli occhi, di tanto in tanto: dei visi che dovevano turbarsi anch'essi, quando leggevano il suo nome nelle gazzette sparse ai quattro venti della terra, o il suo ritratto, sparso anch'esso ai quattro venti della terra, tornava a cadere loro sott'occhio. L'avevano tutti, il suo ritratto, nel giornale illustrato, nella vetrina dell'editore, sulle cantonate della via; i fotografi lo tiravano a centinaia di dozzine, ed essa se lo lasciava dietro, in ogni città, a dozzine intere, per tutti quanti, come dava a tutti quanti i tesori del suo canto, le emozioni della sua anima, i segreti della sua bellezza. Perché accordare delle preferenze quando aveva bisogno dell'ammirazione di tutti? Perché imporsi certi riserbi, vincolare il suo cuore o il suo capriccio, se doveva mutare amici e paese a ogni mutar di stagione, se nessuno le sarebbe stato grato della costanza, se la sua dignità stessa di donna doveva essere diversa da quella delle altre? E una malinconica dolcezza le veniva da tanti ricordi confusi, nello stordimento e nella vaga lassezza di quell'ora. E sorrideva più volentieri al giovinetto bleso di cui l'adorazione ingenua ridava una specie di verginità a quelle memorie. E il bel *Re di cuori*, collo sguardo supplichevole, implorava invano da lei quella sera l'occhiata complice che avrebbe dovuto assentire e promettere... Egli aspettava sempre, paziente e rassegnato, aiutando a porre in ordine lo stanzino, scegliendo i fiori da mettere da parte, cedendo il posto ai nuovi visitatori, dando sottovoce degli ordini alla cameriera, la quale affrettavasi a riporre i regali che brillavano sulla tavoletta, segnati da biglietti da visita. Macerata, che covava cogli occhi da un pezzo il suo, non seppe tenersi dal protestare:

- Come?... Senza farceli neppure ammirare?... Senza "farci vedere il cuore degli amici?..." -

Gli astucci allora passarono di mano in mano, ammirati, lodati, sotto gli occhi sospettosi della cameriera, la quale si teneva ritta presso la cortina che nascondeva il fondo del camerino. Si ripeté un altro coro di esclamazioni:

- Bello! - Elegantissimo! - Stupendo! - Il banchiere insisteva sull'intenzione che esprimeva il suo dono, uno spillo a ferro di cavallo di brillanti. - Per dare un bel calcio alla jettatura! - Nella confusione poi alcuni dei biglietti che accompagnavano al dono il nome del donatore andarono smarriti, prima che la diva si fosse degnata di accorgersene. Un magnifico vezzo di perle non si sapeva più da chi fosse stato offerto.

- Eh, giacché siete tanto indiscreti... Sono stato io, là! - disse infine Barbetti.

Tutti quanti scoppiarono a ridere, compresa la signora Celeste, quasi Barbetti avesse spacciato la panzana più matta. Il principe assentì anche col capo. In quella fece capolino all'uscio un inserviente del palcoscenico, sorridendo alla seratante come uno che aspetti la mancia anche lui, porgendole a mano un biglietto da visita.

- C'è questo signore... Dice che la conosce tanto... -

L'attrice studiava il biglietto, cercando di rammentarsi quel nome, quando entrò il signore che essa conosceva tanto, un bel giovane forestiero, riccioluto e azzimato all'ultima moda, il quale però rimase un po' male, trovandosi a un tratto in sì bella compagnia, al cospetto della diva in soglio che lo guardava d'alto in basso, per raccapezzarsi, e di tutta la sua corte.

- Scusatemi, Celeste... - balbettò lui. - Ho letto sui giornali... Presi subito il treno... Non potevo immaginare una cosa simile... -

E com'ella seguitava a guardarlo in quel modo imbarazzante, senza rispondere, in mezzo al silenzio ostile di tutto l'uditorio, il povero giovane perse del tutto la tramontana, cercando d'aiutarsi alla meglio.

- Ettore... Ettore Baroncini di Sinigaglia... Vi rammentate... per la fiera?

- Ah!... - fece lei. - Oh! -

Ettore Baroncini, incoraggiato dai due monosillabi insidiosi, si lasciò sfuggire:

- N'è passato del tempo, eh! -

Non aggiunse altro, mortificato del sorriso glaciale di lei, che riprese immediatamente a discorrere col principe, volgendo le spalle all'amico Baroncini e alla fiera di Sinigaglia, con un certo sorriso fine per giunta, che aveva tutta l'aria d'essere dedicato a lui, e che gli tolse il coraggio finanche d'andarsene insalutato ospite, e lo inchiodò al posto in cui era.

- Allora - riprese Barbetti, quasi continuando un discorso incominciato. - Allora direi che il donatore incognito è già bell'e trovato... E vuol dire che non sarò stato io, pazienza! -

D'Antona, mentre gli altri si accingevano a ridere di nuovo, disse galantemente alla bella signora:

- Chiunque sia stato l'ammiratore incognito... Ne avrete tanti!... Volete permettermi di rappresentarlo? -

Ella che aveva già indovinato sorridendo gli stese la mano, che il principe si mise a baciare ghiottamente, fra il serio e il faceto, sulla palma, sul polso, salendo su pel braccio che sembrava inzuccherato dalla polvere di cipria, mentre la Celeste rideva quasi le facesse il solletico, fingendo di voler svincolarsi, esclamando:

- No! no! basta! Così ve la pigliate per venti ammiratori! -

Macerata reclamava intanto la sua parte, e degli altri pure, cortesemente. Solo la poetessa accomiatavasi a labbra strette, e il giornalista agitava il *gibus* quasi per scacciare delle mosche, ripetendo:

- Via, via, signori miei... dinanzi alla gente... dei forestieri anche!... -

Il signore forestiero, ancora rosso dall'emozione, aveva fatto la bocca al riso anche lui, per non restar da grullo, tormentandosi i baffi, girando intorno, suo malgrado, uno sguardo inquieto, sulla comitiva di cui la sola faccia simpatica gli sembrò allora quella del bel giovane taciturno, il quale lisciavasi i baffi anche lui, sorridendo a fiori di labbro anche lui. Di fuori intanto il macchinista strepitava per far sgombrare il palcoscenico:

- La vita!... Signori!... Abbiano pazienza! - Gli ammiratori della cantante, che erano rimasti sull'uscio, ondeggiavano di qua e di là. Degli altri mazzi di fiori furono cacciati nel camerino alla rinfusa. Il cavalletto e la giardiniera furono spazzati via. Si udì un correr frettoloso, uno sbatter di usci, delle voci di comando, e uno schiamazzar di voci femminili.

- Il ballo! In scena pel ballo! -

Lo stesso impresario, che era tutto miele un quarto d'ora prima, mandava ora al diavolo gli importuni.

- Signori miei... un po' di pazienza... Il pubblico s'impazienta!

- Se si andasse a cena? - propose Macerata.

La signora Celeste fece una smorfia che diceva di no. Ma il banchiere torno ad insistere e a farle dolce violenza, chino verso di lei, prendendole la mano, parlandole sul collo in un certo modo che faceva arricciare il naso al *Re di cuori* e all'amico di Sinigaglia. Barbetti però approvava il rifiuto.

- Andiamoci pure a cena, ma senza di lei. Lei ha bisogno di riposare, poverina. Lasciateli dire, mia cara. Questa gente non sa cosa significhi una serata simile... - Il bel *Re di cuori* infine perse la pazienza, borbottando che non era quella la maniera... Ettore Baroncini in cuor suo fece lega con lui.

- Ma no! ma no! - diss'ella. - Andate via, piuttosto! Non posso mica spogliarmi dinanzi a tutti quanti.

- Oh! - Perché mai?... - Magari!... - *C'est juste mais sévère!* - conchiuse il banchiere.

- Bello! bellissimo... *le mot de la fin!*... - esclamò Barbetti, e intanto spingeva fuori la gente, come uno di casa. Il *Re di cuori* era rimasto cercando il cappello, aspettando dalla diva la parola o l'occhiata che essa gli aveva promesso per quella sera.

- Caro Sereni, - gli disse Barbetti. - non facciamo dei gelosi...

- Barbetti, ehi! il telegrafo l'avete dimenticato? - esclamò la signora Celeste passando la testa nell'apertura della tenda.

- Eh, no... pur troppo...

- A Milano! E rammentatemi anche a Napoli, dove farò la quaresima... Non lo dimenticate... Vi accompagnerà Sereni perché non lo dimentichiate, al vostro solito... Aspettate, Sereni, vi do un rigo per memoria -.

E lì, scrivendo sul ginocchio anche lei come Barbetti, colla tunica di Aida semiaperta che scopriva il fine contorno della gamba coperta dalla maglia carnicina, buttò due parole su di un pezzetto di carta strappato da un mazzo di fiori, e sporse dalla tenda il braccio nudo per dare il bigliettino a Sereni, il quale lo prese avidamente, mentre dietro la cortina, con un fruscìo frettoloso di vestiti, si udiva ancora la bella voce allegra di lei ripetere:

- Andatevene! Andate via tutti quanti! -

I suoi fedeli però l'aspettavano ostinatamente dietro l'uscio del camerino, Macerata che voleva aver l'onore di darle il braccio sino alla carrozza, il principe d'Antona discorrendo con una figurante che non gli nascondeva nulla, Ettore Baroncini il quale non sapeva risolversi ad andarsene dopo aver preso apposta il treno, temendo di passare per uno zotico, Sereni che fiutava un rivale e Barbetti che odorava la cena. Finalmente la bella ricomparve col berrettino di lontra sugli occhi, imbacuccata sino al naso, seguìta dalla cameriera contegnosa che portava la borsetta delle gioie, sgridando Barbetti e tutti gli altri, che si precipitavano ad accompagnarla, Macerata impadronendosi del braccio di lei che gli era costato uno spillo di brillanti, il principe staccandosi garbatamente dalla figurante, la quale schermivasi allora coprendo il petto colle mani, Barbetti canticchiando:

- Andiam! partiam! a cena andiam!... Non dico a voi, cara Celeste. Voi anderete a dormire tranquillamente... Sentirete che brindisi, dal vostro letto!...

- Ah! meraviglia delle meraviglie! Angeli e ministri di grazia, soccorretemi voi! -

Quest'ultimo complimento era diretto all'altra diva del ballo "La stella" che attraversava in quel punto il dietro scena, seminuda, colle spalle e il seno appena coperti da una ricca mantellina, tutta vaporosa nella cipria e nei veli diafani, col viso mordente delle labbra e degli occhi tinti che salutava gli amici e gli ammiratori della cantante, suoi ammiratori anch'essi e suoi amici, quasi librandosi sulla punta delle scarpette di raso all'incitamento della musica che la chiamava, per correre all'applauso che aspettava impaziente lei pure. Il tenore, con cui la diva del canto aveva delirato d'amore in musica, e per cui era morta sul palcoscenico mezz'ora prima, le passò vicino adesso senza salutarla, rialzando il bavero della pelliccia, col fazzoletto sulla bocca. Ed essa non lo guardò neppure, scambiando invece un'occhiata ostile coll'altra diva della danza.

- No, no, non vi lascio andar sola... Ho paura che vi rubino, i vostri ammiratori... - diceva il principe che ostinavasi a voler montare in carrozza con lei, dopo aver messo da banda tranquillamente Macerata. Ed essa rispondeva con la risatina squillante: - Sciocco!... via! andate via!... Barbetti?...

- Sì, sì, il telegrafo, non l'ho dimenticato. Signori belli, cosa si fa adesso? Si va a cena, a finir la serata della diva? Ehi, dico, Sereni, è quanto possiamo far di meglio. Non ti cavare gli occhi sotto quel lampione, che lo scritto so io cosa dice -.

Ma il principe si scusò dicendo di avere un appuntamento al Circolo, e Macerata non si sentiva di pagare anche i brindisi che gli altri avrebbero fatti alla diva. Rimasero Baroncini, il quale non voleva passare per straccione o per avaro, ricusando di pagar da cena, e Sereni che aveva letto: "Impossibile per questa sera, mio caro... Abbiate pazienza... Sono affranta... Sognerò di voi...". Per altro, tutti e due avevano bisogno di pensare alla diva, vicino a degli altri che avrebbero pure pensato a lei o parlato di lei.

Nei fumi del vino, più tardi, poiché Baroncini aveva fatto le cose per bene, Barbetti, commosso anche lui, sentenziava:

- Cari amici miei... Il telegrafo non sapete cosa significhi... L'impresario... l'agente teatrale... Dei colpi di gran cassa per far quattrini... Siamo giusti... il mondo gira su di un pezzo da cinque lire... Ciascuno secondo il suo mestiere... L'arte, il giornalismo... tutte belle cose... Segui bene il mio ragionamento, Sereni... Io sono un artista... Bene... io appartengo al pubblico... il pubblico è il mio amante... Tu sei innamorato di me, artista... bene... Se Venere, in camicia, venisse a dirmi in certi momenti... Barbetti, dammi una notte d'amore... No, no, e poi no! -

IL TRAMONTO DI VENERE

Quando Leda, astro della danza, splendeva nel firmamento della Scala e del San Carlo, come stella di prima grandezza, contornata di brillanti autentici, e regalava le sue scarpette smesse ai principi del sangue e del denaro, chi avrebbe immaginato che un giorno ella sarebbe stata ridotta a correre dietro le scritture e i soffietti dei giornali, cogli stivalini infangati e l'ombrello sotto il braccio - a correre specialmente dietro un mortale qualsiasi, fosse pur stato Bibì, croce e delizia sua?

Poiché Bibì era anche un mostro, un donnaiuolo, il quale correva dal canto suo dietro tutte le gonnelle, e concedeva perfino i suoi favori alle matrone ancora tenere di cuore, adesso che la sua Leda batteva il lastrico, in cerca di scritture e di quattrini, e lui aspettava filosoficamente la dea Fortuna al Caffè Biffi, dalle 5 alle 6, nell'ora in cui anche le matrone s'avventurano in Galleria - oppure tentava di sforzarla - l'instabil Diva - a primiera o al bigliardo, tutte le notti che non consacrava alla dea Venere, come chiamava tuttora la sua Leda, quand'era fortunato alle carte o altrove, o quando non la picchiava, per rifarsi la mano.

Ahimé sì! L'indegno era arrivato al punto di fare oltraggio ai vezzi per cui aveva delirato, un tempo - per cui i Cresi della terra avevano profuso il loro oro. Le rinfacciava adesso, brutalmente: - Dove sono questi Cresi? -

Ah, l'ingrato, che dimenticava quanto gliene fosse passato per le mani di quell'oro; con quanta delicatezza la sua Leda gliene avesse celato spesso la provenienza, per non farlo adombrare, lui che era tanto ombroso, allora! E i sottili artifici, le trepide menzogne, i dolci rimorsi che rendevano attraente l'inganno fatto all'amante, per l'amante stesso, onde legarlo col beneficio! E le care scene di gelosia, e le paci più care!... Che importa il prezzo? Non era *lui* il suo tesoro, il suo bene?

Ma ciò che ora rendeva furiosa specialmente la povera dea Venere, erano le infedeltà gratuite e umilianti di Bibì; gli idilli che le toccava interrompere dinanzi alla tromba della scala, colle serve del vicinato; il lezzo di sottane sudice che egli le portava in luogo di violette di Parma. Aveva un vulcano in corpo, l'indegno! Ardeva per tutte quante della stessa fiamma che consumava lei pure, ahi derelitta - di persona e di beni!

O dolcezze perdute, o memorie! Quando invece Bibì correva dietro a lei, come un pazzo, in quella memorabile stagione dell'*Apollo* che fece perdere la testa anche a dei principi della Chiesa! Ebbene, essa aveva preferito Bibì, né signore né principe, allora, ma giovin, studente e povero, venuto dal fondo di una provincia, ricco solo di entusiasmi, per imparare musica, o pittura - una bell'arte insomma. La più bell'arte, per lui, fu di saper conquistare, senza spendere un quattrino, il cuore di Leda, la quale in quell'epoca teneva legata al filo dei suoi menomi capricci quasi una testa coronata. Capriccio per capriccio, essa preferì il nuovo, quello che aveva il sapore del frutto proibito, un'attrattiva insolita, la freschezza e la grazia di un primo palpito: - Lettere, mazzolini di fiori, incontri semifortuiti al Pincio, ogni fanciullaggine, in una parola. Ei ripeteva, supplice, come un eroe della scena: - Un'ora!... e poi morire!...

- No! - rispose ella alfine. - No! Vivere e amar! -

Amor, sublime palpito!... Il fatto è che ne fu presa anche lei stavolta, allo stesso modo che aveva fatto ammattire tanti altri. - Ma presa, là, come si dice, pei capelli. Così il fortunato giovane ascese furtivo all'ambìto talamo del geloso prence. Gli schiuse l'Eden lei stessa, tremante, a piedi nudi - i divini piedi cantati in prosa e in versi! - Bibì, che a sentirlo era un leone indomito, tremava anche lui come una foglia. E se lo prese, lei, trionfante per la prima volta! - Come sei timido, fanciullo mio! -

Tanto che Sua Altezza, seccato alfine da quelle fanciullaggini, degnò aprire un occhio, e li scacciò dall'Eden. Che importa? Il mondo non era seminato di teatri e di mecenati che portavano in palma di mano lei e Bibì? Soltanto, come i principi son rari, e i mecenati vogliono sapere dove vanno a finire i loro denari, i due amanti fecero le cose con maggior cautela, e le fanciullaggini a usci chiusi. Bibì era felice come un Dio, viaggiando da una capitale all'altra, in prima classe, ben vestito, ben pasciuto, a tu per tu cogli impresari e i primi signori del paese che accorrevano a fare omaggio alla sua diva. Se bisognava ecclissarsi qualche volta discretamente dinanzi a loro, lo faceva con un sorriso che voleva dire: - Poveretti! - Le stesse scene di gelosia sembravano combinate apposta per infiorare quel paradiso, come una carezza all'amor proprio di entrambi, una protesta dignitosa dell'amante, e una delicata occasione offerta all'amata di tornare a giurargli e spergiurargli la sua fede: - No, caro!... Lo sai!... Sei tu solo il signore e il padrone... Ecco! -

Basta, ora si trattava di non lasciarsi sopraffare da quell'intrigante della Noemi, che le rapiva agenti ed impresari, alla Leda, con tutte le armi lecite e illecite, e le portava via le scritture - una che non aveva dieci chili di polpa sotto le maglie! - E le portava via anche Bibì, il quale si dava il *rossetters* ai baffi, e si metteva in ghingheri per andare ad applaudirla, *gratis et amore*.

- Ma il ballo nuovo del cavalier Giammone non me lo porta via, no! - giurò a se stessa la bella Leda.

Da un mese, Barbetti e tutti gli altri giornalisti che vendono l'anima a chi li paga, non facevano altro che rompere la grazia di Dio ad artisti ed abbonati con quel nome della Noemi stampato a lettere di scatola. Già erano in tanti a far la spesa degli articoli, i protettori della casta vergine! Ma il ballo nuovo del cavalier Giammone non l'avrebbe avuto, no!

Il cavaliere stava appunto parlandone coll'impresario, chiusi a quattr'occhi, dinanzi al piano del Gran Poema storico-filosofico-danzante, sciorinato sulla tavola, allorché capitò all'improvviso la signora Leda, in gran gala, e col fiato ai denti.

- Cavaliere mio!... scusatemi!... Non si parla d'altro sulla piazza!... Sarà un trionfo, vi garantisco!... Lasciatemi vedere...

- Ah! - sbuffò il coreografo colto sul fatto. - Oh!... -

E si buttò sulle sue carte, quasi volessero rubargliele. L'impresario, dal canto suo, diede una famosa lavata di capo al povero tramagnino che stava a guardia dell'uscio.

- Ho dato ordine di non essere disturbato, quando sono in seduta! Nessuno entra senza essere annunziato!... -

Dopo tanti anni che le porte si spalancavano dinanzi a lei, e gli impresari le venivano incontro col cappello in mano! Se non la colse un accidente, fu proprio un miracolo. Barbetti, che la incontrò all'uscita così rossa e sconvolta, non poté tenersi dal dirle ridendo:

- Come va, bellezza?

- Senti! - rispose lei, fuori della grazia di Dio davvero; - senti, faresti meglio a stare alla porta della Noemi, per vedere chi va e chi viene, giacché fai quel bel mestiere! -

All'occasione la signora Leda aveva la lingua in bocca anche lei - la bocca amara come il tossico. - Per rifarsela dovette fermarsi al Biffi, a bere qualche cosa. Bibì era là, al solito, in trono fra gli amici. Tutti quanti, ad uno ad uno, per far la corte a lei e a lui, cominciarono a dire ira di Dio della Noemi - che non aveva scuola - che non aveva grazia - che non aveva questo e non aveva quest'altro. Già l'avevano tutti quanti a morte coll'Impresa che lasciava disponibili i migliori soggetti. Poi, dopo che l'amorosa coppia si fu congedata, fra grandi inchini e scappellate - Bibì stavolta volle accompagnare la sua signora per sentir bene come era andata a finire, un po' inquieto e nervoso in fondo, ma disinvolto, giocherellando colla mazzettina, lei tutta arzilla e saltellante, col sorriso di cinabro e le rose sulle guance (quantunque si sentisse soffocare nella giacchetta attillata) per non dar gusto ai colleghi, Scamboletti, il celebre buffo, ch'era anche il burlone della compagnia, mandò loro dietro questo saluto:

- Lei sì che n'ha della grazia di Dio!... Una balena! - Anzi citò un'altra bestia. - Senza invidia però, Bibì! -

Senza invidia, a lui, Bibì, ch'era un pascià a tre code, e di donne ne aveva sino ai capelli, damone e titolate?... Basta, era un gentiluomo! E sapeva anche quello che andava reso alla sua signora. Ma in quanto all'arte però non era partigiano, e ammirava ugualmente tutti i generi. Leda era del genere classico? E lui l'aveva fatta subito scritturare al Carcano, un teatro di cartello anche questo, non c'è che dire. Oggi, pei balli grandi, bastano le seconde parti, gambe e macchinario. Piacciono anche questi? Ebbene, batteva le mani lui pure, senza secondi fini.

Ma la Leda, che non aveva più un cane che le battesse le mani, era diventata gelosa come un accidente, e gli amareggiava la vita, povero galantuomo. Lagrime, rimproveri, scene di famiglia continuamente. Alle volte, magari, lui doveva buttar via il tovagliolo a mezza tavola, per non buttarle il piatto in faccia. Tanto, quella poca grazia di Dio gli andava tutta in veleno.

Si rappattumavano dopo, è vero; perché quando si è fatto per un uomo quello che aveva fatto lei!... - E quando si è un gentiluomo come era lui!... Ma però artisti l'uno e l'altra, dopo la commedia delle paci e delle tenerezze si tenevano d'occhio a vicenda, e la signora Leda, a buon conto, aveva messo un tramagnino alle calcagna di Bibì, per scoprire il dietro scena nel repertorio delle sue tenerezze. Talché gli amici al vederlo sempre con la guardia del corpo, gli affibbiarono il titolo di *Re di picche*.

Infine tanto tuonò che piovve, la sera stessa della beneficiata di Leda, che non c'erano duecento persone al Carcano. Ella cercò di sfogarsi con Bibì "il quale faceva il risotto" alla Noemi, invece! lui e i suoi amici! bestie e animali tutti quanti, che non sapevano neppure dove stesse di casa il vero merito! e si lasciavano prendere all'amo dalle grazie di quella diva, la quale rideva di loro, poi - sicuro! - di lui pel primo! - Gonzo!

- Via, fammi il piacere! - interruppe Bibì accendendo un mozzicone di sigaro dinanzi allo specchio.

- Ah, non vuoi sentirtela dire? Già, quella lì non ti piglia certo pei tuoi begli occhi, mio caro! - Schizzava fuoco e fiamme dagli occhi, lei, colle ciglia ancora tinte e il rossetto sulla faccia, così come si trovava all'uscire dal teatro, una Furia d'Averno - dopo tutto quello che aveva fatto per lui, e le occasioni che gli aveva sacrificato, ricconi e pezzi grossi, che se avesse voluto, ancora!...

- Fammi il piacere, via! - tornò a dire Bibì con quel ghignetto che la faceva uscire dai gangheri.

- Allora senti! Bada bene a quello che fai! Bada bene, veh! Che son capace di andare a romperle il muso, alla tua casta diva! - E qui un mondo di altre porcherie: - che lui era roba sua, di lei, giacché lo pagava e lo manteneva, e si rompeva la grazia di Dio, laggiù al Carcano, per mantenergli anche la casta diva! - Allorché era in bestia la signora Leda sbraitava tal quale come la sua portinaia, e vomitava gli improperi che aveva inteso al Verziere, quando stava da quelle parti. - Puzzone! Svergognato! Ti pago perfino il sigaro che hai in bocca!... - Scendere sino a queste bassezze, via! Talché Bibì stavolta perse il lume degli occhi e l'educazione, e gliene disse d'ogni specie anche lui, buttando in aria ogni cosa, dediche, omaggi, ritratti e corone sotto vetro, tutto quanto v'era in salotto, e quando non ebbe più che dire buttò anche le mani addosso a lei, senza riguardo neppure al rossetto e alle finte che costavano 50 lire al paio. - Già al Carcano non ci avrebbe ballato più per un pezzo, la brutta bestia, tante gliene diede, - e il meglio era di prendere il cappello e andarsene via, poiché il vicinato era tutto sul pianerottolo, e colla Questura lui non voleva averci a che fare di nuovo, dopo che gli aveva rotto le scatole per altre sciocchezze.

Stavolta sembrava bell'e finita per sempre fra Bibì e la sua signora. - Ciascuno per la sua strada, e alla grazia di Dio tutt'e due, in cerca di miglior fortuna, - se non fossero stati i buoni amici che vi si misero di mezzo. Tanto, dopo tanto tempo che stavano insieme, erano più di marito e moglie. No, lei non poteva starci senza Bibì. Fosse sorte, fosse malìa, la teneva legata ad un filo, come essa ne aveva tenuti tanti, uomini seri, ed uomini forti, che in mano sua sembravano delle marionette. E anche Bibì, a parte l'interesse, un cuor d'oro in fondo, che non si poteva dire lo facesse muovere l'interesse, ormai. Non tornò a servirla in ogni maniera e a procurarle le scritture egli stesso? in America, in Turchia, dove poté, giacché al giorno d'oggi soltanto laggiù sanno conoscere ed apprezzare le celebrità. - Prova i vaglia postali che lei mandava, poco o molto, quanto poteva.

Un cuor d'oro. E allorché la povera donna batté il bottone finale, e sbarcò a Genova senza un quattrino, bolsa e rifinita, chi trovò alla stazione, a braccia aperte? Chi si fece in quattro per scovarle qua e là mezza dozzina di ragazze promettenti, e insediarla maestra di ballo addirittura? Chi le prestò i mezzi, a un tanto al mese, per metter su "pensione d'artisti" - una speculazione che sarebbe riuscita un affarone, se non ci si fosse messa di mezzo la Questura, che l'aveva particolarmente con Bibì?

E come ogni cosa andava di male in peggio, cogli anni e la disdetta, chi le prestò qualche ventina di lire, al bisogno, di tanto in tanto, quando si poteva? Dio mio, le ventine di lire bisogna sudare sangue e acqua a metterle insieme; e quando si diceva prestare, da lui a lei, era un modo di dire.

E al calar del sipario, infine, allorché la povera Leda andò a finire dove finiscono gli artisti senza giudizio, chi andò a trovarla qualche volta all'ospedale, e portarle ancora dei soldi, se mai, per gli ultimi bisogni?

Bibì ne aveva avuto del giudizio, è vero, e un po' di soldi aveva messo da parte, col risparmio e gli interessi modici, tanto da render servizio a qualche amico, se era solvibile, e da far la quieta vita, coi suoi comodi e la sua brava cuoca. Perciò quelle visite all'ospedale gli turbavano la digestione, gli facevano venire le lagrime agli occhi, e non era commedia, no, quando ne parlava poi cogli amici, al caffè.

- Bisogna vedere, miei cari! Una cosa che stringe il cuore, chi ne ha! L'avreste creduto, eh? Lei abituata a dormire nella batista!... E ridotta che non si riconosce più... Un canchero, un diavolo al petto... che so io... Non ho voluto vedere neppure. Lei ha sempre la smania di far vedere e toccare a tutti quanti. E delle pretese poi! Certe illusioni!... Non si dà ancora il rossetto? Misera umanità! Ieri, sentite questa, vo sin laggiù a Porta Nuova, apposta per lei, con questo caldo, e trovo la scena della *Traviata*: "O ciel morir sì giovane..." "Mia cara:.. giovani o vecchi... Voi guarirete, ve lo dico io!" "Ah! Oh!" Allora viene la parte tenera, e vuol sapere se sono sempre io... lo stesso amico... da contarci su... "Certo... certo... Diamine!..." O non mi esce a dire di condurla via? Sissignore - che una volta via di lì è sicura di guarire - che vogliono operarla - che ha paura del medico: "Per carità! Per amor di Dio!" "Un momento, cara amica! Che diamine, un momento!" Ella si rizza come una disperata, afferrandomi pel vestito, baciandomi le mani... Non ci torno più, parola d'onore! -

E vedendo che ci voleva anche quello, dalla faccia degli amici, Bibì asciugò una furtiva lagrima.

PAPA SISTO

Di commedianti come Vito Scardo non ne nascono più a Militello, massime dacché fu toccato dalla *grazia*, e da povero diavolo arrivò ad essere guardiano dei cappuccini, come Papa Sisto.

Dopo aver provato cento mestieri - e averne fatte d'ogni colore anche, dicevasi, colla donna e la roba altrui - ridotto colle spalle al muro, malandato di borsa e di salute, Vito Scardo capì alfine: - Qui bisogna mutar strada -.

Era l'anno della fame per giunta, che i seminati, dal principio, dissero chiaro che si voleva ridere quell'inverno, e tutti quanti, poveri e ricchi, si strappavano i capelli, alla raccolta. Vito Scardo stava bestemmiando anche lui nell'aia di massaro Nasca - compare Nasca sfogandosi coi figliuoli a pedate - sua moglie covando le spighe magre cogli occhi arsi e il lattante al petto - lo stesso marmocchio che si disperava e non trovava nulla da poppare - una desolazione insomma da per tutto, per la campagna brulla, senza una canzone o un suono di tamburello, quando si vide arrivare fra Angelico, quello della cerca, fresco come una rosa, trottando allegramente sulla bella mula baia dei cappuccini. - Sia lodato San Francesco! - E lodato sia, fra Angelico! - disse compare Nasca fuori della grazia di Dio stavolta. - Che a voi altri, benedica, il pane e il companatico non ve lo fa mancare San Francesco!... Sangue di!... Corpo di!... - Le bestemmie della malannata, in una parola. Ma fra Angelico se ne rideva. - O dunque chi prega Domeneddio per la pioggia e pel bel tempo, gnor asino? -

Un pezzo di tonaca sulle spalle, una presa di tabacco qua e là, il buon viso e la buona parola, e fra Angelico raccoglieva grano, olio, mosto, senza bisogno di mietere né di vendemmiare, e senza pensare ai guai e a malannate, ché al convento, grazie a Dio, il caldaione era sempre pieno, e i monaci non avevano altro da fare che ringraziare la Provvidenza e correre lesti al refettorio quando suonava la campanella. - Quello è il mestiere che fa per me, - disse allora Vito Scardo.

Di lì a poco, un bel giorno - volontà di Dio - lo trovarono tutto pesto e malconcio nel podere di Scaricalasino, o che l'avessero colto a cerca di olive senza permesso del padrone del campo, e senza la tonaca di San Francesco, o che a Scaricalasino quella notte gli dicessero le corna di tornare a casa insalutato ospite. Il fatto è che glie ne diedero tante, al povero Vito Scardo, da lasciarlo più morto che vivo, e in quell'occasione volle confessarsi dal guardiano dei cappuccini appunto.

- Padre Giuseppe Maria - disse veramente contrito - padre Giuseppe Maria, o me ne vo in paradiso, o prometto di cambiar vita e fo voto di darmi a Dio.

- Va bene, va bene. A questo c'è tempo -. Il guardiano credeva che fossero le solite chiacchiere di ogni galantuomo ridotto al mal passo, e promise d'aiutarlo anche, per sbrigarsene. Ma però non furono chiacchiere. Vito Scardo aveva la pelle e la testa dura. Non s'era fitto in capo di mutar vita? O dunque perché gli aveva promesso Roma e torna quel servo di Dio? Il guardiano, di lì a un mese, come se lo vide capitar dinanzi con quel dettato, sano come una lasca, fece il segno della croce: - Monaco tu? Non ci mancherebbe altro adesso! - E vossignoria che vi cresceva qualche cosa? Per arrivare guardiano anche!... -

Voi che avreste fatto? Un arnese come Vito Scardo, che puzzava di tutti i sette peccati mortali! Però egli giurava che era un altro, ormai. Lo pigliassero a prova. Tanto disse e tanto fece che il povero guardiano dovette pigliarlo a prova, pel vitto e la tonaca soltanto, frate converso. - Se la tonaca fa questo miracolo, vuol dire ch'è una santa cosa davvero, figliuol mio!-

Basta, o che la tonaca abbia fatto il miracolo, o che sia stato il bisogno a far trottare l'asino, Vito Scardo divenne l'esempio della comunità. Bravo, modesto, prudente - le donne, magari, non le guardava neanche, in strada. - E per la cerca poi valeva un Perù; meglio di fra Angelico, ch'è tutto dire. La gente al vederlo così cambiato, che pareva un santo, diceva: - Questa è opera di San Francesco. - E mandava elemosine.

Però c'era ancora quella certa tizia che tirava a fargli perdere il pane - comare Menica la moglie di Scaricalasino, dopo che suo marito era andato in galera per le legnate di quella notte - lei a tentarlo fino in chiesa, e occhiate di fuoco, e imbasciate con questa e con quella. Una sera poi l'appostò al cancello del podere, che tornava tardi dalla cerca e non passava un cane, e lo strinse proprio colle spalle al muro: - Dopo averla messa in quello stato - né vedova né maritata! - E tutto quello che aveva fatto per lui! - Le legnate che s'era prese! - Sissignore! Eccole qua! - Quasi quasi si spogliava lì dov'era, dietro la siepe. La siepe fitta, l'ora tarda, sulla strada che non passava un cane... San Francesco glorioso, se Vito Scardo tenne duro come Giuseppe Ebreo, fu tutto merito vostro. - Sorella mia - rispose lui - sorella mia, in galera si va e si viene, ma se mi scacciano dal convento cosa fo, ditelo voi? -

E lo disse anche al Padre Guardiano, a titolo di confessione - la carne - il demonio. - La sai più lunga di lui! - pensò il guardiano. Ma dovette chinare il capo anche stavolta, toglierlo dalla cerca e metterlo ai servizi interni del convento. Vito, contentone, badava a far la sua strada. Un colpo al cerchio, un colpo alla botte, barcamenandosi fra questo e quell'altro, che il convento è come un piccolo mondo, e le nimicizie covano anche fra i seni di Dio. Quando s'accapigliavano fra di loro, e volavano le scodelle, lui orbo e sordo. A tempo e luogo poi lisciare i pezzi grossi pel verso del pelo, e pigliare ciascuno pel vizio suo, fra Serafino col tabacco buono di Licodia, fra Mansueto chiudendo un occhio in portineria, il Padre Lettore a colpi d'incensiere. - Ah, che grazia v'ha fatto il Signore! Quante cose sapete, vossignoria! - Figliuol mio, ho sudato sangue. Vedi, ho tutti i peli bianchi. Che mi giova? Padre Lettore, e nulla più.

- Birbonate! La solita storia che chi più merita meno ha... M'intendo io, se fossi padre da messa e avessi voce in capitolo, quando fanno il guardiano!...

Il guaio era che per entrare in noviziato ed arrivare padre da messa ci voleva un po' di latino, e 20 onze di patrimonio. Quanto al latino, pazienza, Vito Scardo, picchia e ripicchia, sudando sui libracci come Gesù all'orto, tendendo l'orecchio a questo e a quello, pigliandosi la testa a due mani - testa fine di villano che quel che voleva voleva - coll'aiuto di Dio e del Padre Lettore riescì a farvi entrare quel che ci voleva. Ma trovare le 20 onze del patrimonio era un altro paio di maniche. Ci si struggeva mattina e sera, senza contare i digiuni, le astinenze, e simili privazioni, che ormai era diventato tutto pelo e naso, e le divote susurravano anche che portava il cilizio sotto la tonaca. In chiesa poi servizievole con tutti quanti, premuroso colle figlie penitenti del guardiano e dei pezzi grossi, innamorato del Patriarca San Giuseppe, sì che la vedova Brogna s'indusse a fare l'altare nuovo, e fu tutto merito suo. Insomma, se il Patriarca non gli faceva trovare i danari per entrare in noviziato e darsi a Dio, voleva dire che non c'è religione né nulla. - O tu che credi d'arrivare Papa? - Gli diceva alle volte il guardiano ridendo. E lui, minchione minchione: - Papa, no -.

Bene, se il Patriarca non voleva farlo, l'avrebbe fatto lui il miracolo, Vito Scardo. A un tratto, corse la voce che egli guariva asini e muli, con certi rimedi che sapeva lui - e la fede viva. Se mancava la fede, addio virtù dei semplici, e tanto peggio per la bestia che crepava, salute a noi. Poi furono i numeri del lotto che gli vennero in mente, come un'ispirazione del cielo che gli diceva all'orecchio: - Escirà il tale, il tale, e il tal altro numero -. Veramente a tanta grazia divina recalcitrava egli stesso, semplice frate laico, senza neppure gli ordini sacri. Resisteva alla tentazione, si confessava indegno, faceva il sordo o lo scemo, arrivava a tapparsi le orecchie insino, quando i poveri giuocatori gli correvano dietro supplicando: - Per la santa tonaca che portate! - Per l'anima dei vostri morti! - e per questo, e per quest'altro. - Due parole sole, e ci togliete dai guai! - Intanto i numeri che gli ballavano dentro, e le dita stesse che si tradivano e accennavano il terno, senza sua voglia, soltanto al modo di lisciare la barba e di far segno: - zitto! - Chi sapeva intendere poi e cavarne il terno ci pigliava l'ambo almeno. E l'elemosine fioccavano.

Il padre guardiano, uomo rozzo all'antica, prese infine Vito Scardo a quattr'occhi, e gli fece una bella lavata di capo: - A che giuoco giuochiamo? Che significa questa faccenda? - Lui a testa bassa, colle mani in croce nei maniconi, rispose tutto compunto che significava che il Signore lo chiamava in religione, e se non lo lasciavano entrare in noviziato sarebbe andato a fare l'eremita in cima a una montagna. - Fra Giuseppe Maria capì il latino. - A fare il santo per conto tuo, eh? E tirar l'acqua al tuo mulino? - Vito Scardo non capiva neppure. - L'acqua? - Il santo? - Il mulino? - E le 20 onze del patrimonio, per pigliar messa? le 20 onze le hai? - aggiunse il guardiano per tagliar corto. - Ah, le 20 onze?... -

Come abbia fatto a procurarsele, quel diavolo di Vito Scardo, lo sa Dio e lui. O che siano stati frutti di stola, come dicevano le male lingue, denari rubati allo stesso San

Francesco, messi da parte sulla cerca, in barba a lui; o che la vedova Brogna abbia fatto anche questa, e si sia lasciato toccare il cuore; o sia stata infine carità fiorita di qualche altra benefattrice, che tirava anime a salvamento - la Scaricalasino vendé allora un pezzo di terra, suo di lei. - Il fatto è che all'impensata saltò fuori il padre di Vito Scardo, *Malannata*, uno che il soprannome stesso diceva chi fosse, povero e pezzente che avrebbe cavato la pelle piuttosto al suo figliuolo per rattoppare la sua, e mise fuori i denari del patrimonio. - Qui, ecco le 20 onze! - Il guardiano, che cercava pretesti ancora, voleva sapere donde venivano e donde non venivano. Ma Vito Scardo che piangeva di tenerezza e di gratitudine, abbracciando gnor padre e baciandogli le mani, abbrancò il suo gruzzolo e minacciò di piantar su due piedi baracca e burattini.

- Allora, benedicite! Allora vi lascio la tonaca e me ne vo, giacché non volete salvarmi l'anima neppure col fatto mio! - Questo diavolo ci darà da fare a tutti quanti! - disse poi in capitolo il padre guardiano. E disse bene, che gli parlava il cuore.

Basta, per toglierselo dai piedi lo mandarono a fare il noviziato fuori provincia, alla Certosa di Santa Maria. Ci pensassero intanto quegli altri frati a vedere se spuntava grano o loglio da quel seme. E Vito Scardo zitto, fece l'obbedienza, fece il noviziato, girò anche un po' il mondo, come piaceva ai superiori, e tornò fra Giobattista da Militello, monaco fatto, con tanto di barba e qualche pelo bianco.

Però colla barba e i peli bianchi gli era cresciuto anche il giudizio. Trovò il paese sottosopra: bandiere, luminarie, ritratti di Pio IX da per tutto, Scaricalasino a spasso per le strade, e il padre guardiano colla coda fra le gambe. Cose che non potevano durare, in una parola. Intanto si doveva riunire il capitolo per la nomina dei superiori. Malcontenti ce n'erano molti, minchioni la più parte, che pensavano ciascuno: - Ora infine tocca a me! - E brigavano, s'arrabattavano, trappolandosi gli uni e gli altri, liberali e realisti. Lui invece né carne né pesce, affabile con tutti, rispettoso coi superiori, e tanto di coltello poi sotto la tonaca, a buon conto.

Come si avvicinava il gran giorno delle elezioni, il convento sembrava un formicaio messo in subbuglio. Un va e vieni di frati sospettosi - quelli che andavano a caccia di voti - quelli che stavano a spiare - quelli che montavano la trappola - un fruscìo di tonache e di piedi scalzi, specie la notte, capannelli nei corridoi, conciliaboli di religiosi fino in sagrestia, vestendosi per la santa messa, e occhiate torve, anche in refettorio, il campanello della portineria che tintinnava ogni momento, gente di fuori che veniva a confabulare, le figlie penitenti che si guardavano in cagnesco fra di loro esse pure, il servizio divino sbrigato alla diavola, tutti colle orecchie tese alle notizie che giungevano di fuori, al vento che soffiava. - Vincono i regi. - Vincono i rivoltosi. - Hanno bombardato Messina. - Catania si difende -. Gli umori e le alleanze segrete che ondeggiavano collo spirare del vento. Fra Giobattista vedeva e taceva, o al più rispondeva: - Ah? - Eh? - Oh? - quando venivano a tastarlo anche lui, tirandolo ognuno dalla sua parte. - Fra Mansueto che gli raccomandava in tutta segretezza di guardarsi bene di Scaricalasino, il quale voleva reso conto del pezzo di terra venduto da sua moglie. - Il Padre Lettore che lo incensava lui adesso: -

Il merito deve premiarsi. Chi l'avrebbe detto di cos'era capace Vito Scardo se non fosse stato lui? - Lo stesso fra Serafino che veniva a sfogare le sue amarezze, dopo quarant'anni di religione, rimasto sempre a veder salire gli altri e vivere di elemosina - anche per una presa di tabacco! - Potete dirlo voi stesso, eh! Che ve ne pare? Non è un'ingiustizia? Allora vuol dire che non arriveremo mai a prendere il mestolo in mano, né voi né io!

Fra Giobattista, rassegnato invece, si stringeva nelle spalle. - Eh, tenere il mestolo... al giorno d'oggi... È un affare serio... Ci vuol prudenza... ci vuol giustizia... ci vuol carità -. Tante belle cose. - E al Padre lettore: - Non dubitate. Il vostro tempo è venuto. Ci vogliono uomini in testa e di lettere adesso. E senza di voi... Guardate, mettessero anche l'ultimo del convento a quel posto, mettessero me, guardate... Senza il vostro aiuto che potrei fare? - E dare perfino ragione a fra Mansueto, ch'era il capo del malcontenti. - Ci vuol politica... Chiudere un occhio. Non siamo più ai tempi che il guardiano faceva il commissario di polizia -.

In verità il povero guardiano aveva altro da fare adesso. La tremarella da una parte, e la bile che gli toccava ingoiare dall'altra, e far buon viso a chi gli mirava al cuore. Questo vuol dir politica, ora che il Santo Padre aveva mutato casacca, e il Re, Dio guardi, mandava truppe a far sacco e fuoco. Se la spuntava, bene. Ma se no, chi vi andava di mezzo per il primo era lui, padre Giuseppe Maria. Un calcio nella schiena, e lo sbalestravano chissà dove, a far penitenza, semplice fraticello, giacché i pochi a lui fedeli gli nicchiavano in mano anch'essi.

Era quella famosa settimana santa del '48; le stesse funzioni sacre si trascinavano svogliate, la chiesa quasi vuota, tutta la gente in piazza dalla mattina alla sera, ad aspettare le notizie col naso in aria. Giungevano fuggiaschi, carri di masserizie che temevano il sacco anch'essi, e rivoltosi di tutte le fogge, che contavano d'aver fatto prodigi, e correvano ad aspettare i regi laggiù, a Palermo, per massacrarli tutti. Il sindaco, a buon conto, fece armare i galantuomini per tener d'occhio la roba del paese.

La folla correva ogni tanto sulla collina del Calvario, in cima al villaggio, per vedere se era già cominciato il fuoco nella città laggiù, lontano, in fondo alla pianura verde - uomini, donne, cappuccini anche, ciascuno pel suo motivo. Vito Scardo invece non si muoveva, badava alla chiesa, badava al convento, badava ad aggiustare le sue faccende con questo o con quello, a quattr'occhi, intanto che fra Mansueto e il Padre Lettore perdevano il tempo a vendersi vesciche per lanterne l'un l'altro, o a correre lassù al Calvario a cercar notizie e le stelle di mezzogiorno. - Signori miei, badate a quel che fate! - ammoniva Vito Scardo. - Vincano questi, vincano quegli altri, badate a quel che fate! -

Soltanto a sera tarda sguisciava fuori un momento per pigliar aria, e sentire quel che si diceva, e lì, sotto gli olmi della piazzetta, al buio, amici, conoscenti, che spuntavano come funghi, e perfino *Malannata*, in gran sussurro. Alcuni dissero pure di averci visto Scaricalasino, in confidenza con fra Giobattista. *Malannata* poi che faceva il mestiere di vender erbe, ed era sempre in giro, ne portava più di ogni altro, notizie fresche. Andava a raccoglierle sino a Scordia e a Valsavoja, insieme alle erbe, talché il figliuolo, perché parlasse in libertà, lo ficcava anche in cucina, col naso sulla scodella.

Giunsero le funzioni del giovedì santo, la comunione per tutti i frati, abbracci e baci a destra e a sinistra. - Fra Giobattista adesso, colle lagrime agli occhi, si picchiava il petto quasi fosse giunta l'ultima sua ora. Tanto che il guardiano si mise in sospetto e lo chiamò in sagrestia: - Che c'è, figliuol mio? Che sai? - Niente, Padre. Ho il cuore grosso. Il cuore mi dice che arriva il finimondo -.

Con tutta la comunione in corpo era più furbo che mai, quel diavolo di Vito Scardo, e non diceva altro. Ma il guardiano tirò un sospirone. Il finimondo, per un servo di Dio della taglia di fra Giobattista, doveva essere la vittoria dei regi e della podestà legittima. - Gli era rimasto sempre sullo stomaco quel religioso. - Fra Mansueto invece, giallo come un morto, lo aspettò nel corridoio per raccomandarsi a lui. C'era qualcosa per aria? Eh? Che sapeva di certo? - Nulla... di certo, nulla... Chiacchiere. "Tempo di guerre, menzogne per le terre" -. Insomma ciascuno più era al buio di tutto, e più aveva da perdere, e perciò era inquieto, e più Vito Scardo diventava un pezzo grosso, con quell'aria di dico e non dico di chi la sa lunga davvero. Tanto più che verso sera mutò il vento di nuovo: bande, fiaccolate, grida di viva che arrivavano sin lassù, e non si sapeva che credere e che pesci pigliare. Il venerdì fu peggio ancora. Giorno di lutto, in chiesa e fuori, le notizie che facevano a pugni fra di loro, dei curiosi che correvano in piazza per vedere se c'era ancora la bandiera al Municipio. La sera i reverendi accompagnavano il Cristo morto, quando all'improvviso corse la voce: - Correte! - Lassù, al Calvario! - Si vede la città in fiamme! - Figuratevi come restò la processione! Fra Mansueto, nel deporre il cero in sagrestia, gli tremavano le mani. Il guardiano non era tranquillo neppur lui. In refettorio non si mise neppur la tavola. Ciascuno, mogio mogio, era andato a rintanarsi nella sua cella, e aspettava come andava a finire. Verso mezzanotte, toc-toc, fra Giobattista in punta di piedi andò a bussare all'uscio del Padre guardiano - Che è, che non è? - Gli altri religiosi, che avevano il suo peccato ciascuno, e la tremarella addosso, stavano ad origliare, e quando lo videro uscire, poi, dopo mezz'ora, ciascuno voleva sapere la sua. Niente. Si vedrà domani, in capitolo. - Fra Giuseppe Maria protestava che ne aveva abbastanza, del guardianato, e fra Mansueto non voleva fastidi neppur lui. - Basta, vedremo. Sentiremo quello che consiglia lo Spirito Santo -. E spunta infine il sabato santo, sempre in quell'incertezza. Gli stessi curiosi in piazza; la bandiera sul campanile; la città che si vedeva fumare, laggiù, dal Calvario. Intanto, per pigliar tempo, si fecero le funzioni in chiesa, prima di passare ai voti, suonarono le campane a gloria, s'invocò il *Veni creator*, e finalmente si riunì il capitolo. Padre Giuseppe Maria esordì con un discorsetto tutto miele, tutta manna: - La religione - la fratellanza, - la carità -. Lui domandava perdono a tutti se non era stato all'altezza della carica, mentre ne deponeva il peso, troppo grave per la sua età, supplicando di lasciarlo l'ultimo degli ultimi, semplice servo di Dio. - Fra Mansueto chinava il capo anche lui. Il Padre Lettore cominciò un'orazione in tre punti, per dichiarare che i tempi eran gravi e a reggere la comunità ci voleva giustizia - ci voleva prudenza - tutte le belle cose che aveva detto fra Giobattista. Però il discorso diventava lungo, e fra Serafino pel primo cominciò a interrompere. - Basta. - Lo sappiamo. - Ai voti, ai voti -. Le lingue si confusero, e successe una babilonia. Allora saltò su fra Giobattista; ch'era stato zitto, e disse la sua: - Signori miei, a che giuoco giuochiamo? Altro che perdere il tempo per sapere se deve essere Tizio o Caio a pigliare il mestolo in mano! Qui si tratta che stasera non si sa chi lo piglia sul capo, il mestolo! -

Successe un putiferio. Fra Mansueto, che aveva la maggioranza, voleva approfittare del momento e passar subito ai voti. Fra Giuseppe Maria protestò invece che se ne lavava le mani. - Sì e no. - Una baraonda. In quella si udì scampanellare in furia alla portineria. - Un momento! - strillò fra Giobattista come un indemoniato, colle mani in aria. - Un momento! Eccoli qua! -

Che cosa? Lo sapeva lui solo, che uscì correndo, colla tonaca al vento. Era proprio quell'altro, Scaricalasino, ansante e trafelato, che veniva a pigliar chiesa, quasi ci avesse già gli sbirri alle calcagna; poi *Malannata*, gongolante, e altri ancora, che confermavano la mal nuova. Vito Scardo li piantò tutti in asso, e capitò di nuovo come una bomba in mezzo ai reverendi che si accapigliavano già.

- Signori miei, non fate sciocchezze. Siamo belli e fritti! Tolgono le bandiere. Andate a vedere -.

Era proprio vero, la notizia che i regi s'erano impadroniti della città fin dal giorno innanzi si era sparsa come un fulmine. Il paesetto era allibito. E ogni frate, dal canto suo, per togliersi di impiccio, e assicurarsi il quieto vivere, dava il voto a chi gridava di più:

- Fra Giobattista - Fra Giobattista -. Vito Scardo che assisteva allo scrutinio con tanto d'orecchi aperti, a un certo punto cadde ginocchioni, colle mani in croce. Piegò il capo a recitare in fretta due parole di orazione, e poi disse:

- Sia fatta la volontà di Dio -.

E fece anche la sua, sbalestrando padre Giuseppe Maria a Sortino - glielo aveva detto il cuore al poveraccio! - fra Mansueto e altri turbolenti di qua e di là. S'intese pure col Giudice, ora che il buon ordine era tornato in paese, e le autorità si dovevano aiutare a vicenda per rimettere sotto chiave i malviventi sul fare di Scaricalasino, e vivere poi quieti e contenti com'era prima della rivoluzione, ciascuno al suo posto. Vito Scardo rimase alla testa della comunità temuto e rispettato, un colpo al cerchio, un colpo alla botte, chiudendo un occhio a tempo e luogo, badando a non far ciarlare le male lingue, a proposito della Scaricalasino, o della vedova Brogna, che era gelosa matta. Tutti contenti e lui pel primo.

Chi rimase scontento fu solo *Malannata* che gli era parso di dover mutar vita anche lui, col figlio guardiano, e diventare non so che cosa. Ed era il solo che osasse lagnarsi.

- Monaco! - Tanto basta! - Nemico di Dio! -

EPOPEA SPICCIOLA

Ecco come lo zio Lio raccontava poi quella faccenda:

Mancava dove andare ad ammazzarsi? Nossignore, proprio qui; ché per dieci miglia in giro ne fecero piangere degli occhi! E anche loro ne seminarono delle ossa a far concime, lungo la strada, fra le siepi, dietro i muri, uomini e bestie mietuti a fasci, talché un mese dopo, a dar un colpo di zappa, ne saltavano ancora fuori, ossa di cristiani! Figuratevi i campi e gli orti! E la povera gente del paese che non c'entrava per nulla in quella lite, e non voleva entrarci. Alcuni vi lasciarono la pelle, infine - per difendere la sua roba. - La roba e la vita, perse!

Basta. Molti se l'erano data a gambe il giorno prima, a buon conto, come sentivano: - Vengono! - Gli svizzeri! - La cavalleria! - E chi non gli era bastato l'animo di piantar subito casa e paese, all'ultimo momento disse pure: - Meglio il danno che la pelle - e via: uomini, donne, bestie, quello che si poteva mettere in salvo insomma; le vecchie col rosario in mano.

Io non avevo nessuno al mondo, soltanto quei quattro sassi al sole, la casa, l'orto, lì proprio sulla strada, con tanti soldati che passavano - chi li diceva dei nostri - chi di quegli altri - ciascuno che voleva mangiarsi il mondo - certe facce! Cosa avreste fatto? Rimasi a guardia della mia casa, lì accanto, seduto sul muricciuolo. - A svignarsela, poi, c'è sempre tempo - pensai. Intanto passa un'ora, ne passano due. I nostri avevano tirato dei cannoni sin lassù sulla collina, in mezzo alle vigne. Figuratevi il danno! A un tratto giunge uno a cavallo, tutto arrabbiato, che pareva volesse mangiarsi il mondo anche lui - uno di quelli che insegnano a farsi ammazzare agli altri - e si mette a gridare da lontano. Allora uomini, cannoni, muli, via a rompicollo dall'altra parte; povere vigne! Però stavolta quello del cavallo aveva pure la testa fasciata; segno che si picchiavano diggià, in qualche luogo. Però non si vedeva nulla ancora, dalle nostre parti. Il paese quieto, la via deserta, la città che pareva tranquilla anch'essa, come se non fosse fatto suo, sdraiata in riva al mare, laggiù, e le fregate che andavano e venivano innanzi e indietro, fumando. - Questa è l'ora d'andare a mangiare un boccone, - dico io, dall'alba che stavo piantato lì come un minchione.

In quella si mette a tuonare, lassù nella montagna. Uno, due, tre, infine un temporale a ciel sereno, in quella bella giornata di Venerdì Santo che dovevano succedere tanti peccati. - Buono! Addio voglia di mangiare un boccone! Lo stomaco se n'era già bell'e sceso in fondo alle calcagna, con quella solfa. A buon conto è meglio correre a casa, e stare a vedere come si mettono le cose da dietro l'uscio. Scendo quatto quatto dal muricciolo, e filo carponi lungo la siepe. Le Proscimo allora mi vedono passare; la vecchia apre un po' di finestra, e si mette a strillare: - O zio Lio

- Cosa succede? - Per amor di Dio! - C'era anche la figliuola, Nunzia, dietro la madre, più morta che viva anche lei; tutt'e due che non sapevano far altro: - Signore! - Madonna! - Ahimé! - Bene - dico io - chiudetevi in casa. Stiamo a vedere -.

Mi chiudo in casa mia anch'io, e stiamo a vedere. Niente. Non passa un cane. La pace degli angeli da queste parti. Soltanto lassù che si divertono sempre a cannonate. - Buon pro vi faccia! Tanto, qui il sangue non arriva, quando vi sarete accoppati tutti -. Poteva essere mezzogiorno, a occhio, ché il sagrestano non si arrischiava certo sul campanile quella volta. Quasi quasi m'arrischio a mettere il naso fuori di nuovo, quand'ecco, crac, il tetto dei Minola che rovina, e poi un altro, lì a due passi. Le palle ci piovono sui tetti, adesso!

Che vedeste! Chi è rimasto a fare il bravo va a cacciarsi sotto il letto. Altri che s'erano rintanati nelle cantine o in qualche buco, saltano fuori all'impazzata. Pianti, grida, un baccano d'inferno. Io andavo correndo di qua e di là per la casa, senza sapere dove ficcarmi, talmente ogni colpo me lo sentivo fra capo e collo. - Aiuto! - Cristiani! - gridavano le Proscimo. C'è cristiani e turchi in quel momento? Maledette donne che ce li tirano addosso, ora! Eccoli infatti che arrivano, prima dieci, poi venti, poi, che vi dico? un fiume. Soldati e poi soldati che si vedono passare dal buco della chiave, per più di un'ora, a piedi, a cavallo, con certi cannoni di qua a là. Povera la città che se li vede capitare addosso!

Intanto, se Dio vuole, di qui se ne vanno, a poco a poco; ché quando pareva fossero passati tutti, ne giungevano altri ancora, a frotte, alla spicciolata, zoppi, sfiniti, strascinandosi dietro il fucile e le gambe, con certe facce nere e arse. E a un tratto ecco che si mettono a bussare in mala maniera dalle Proscimo, alla mia porta, qua e là alle poche case lungo la strada, volendo da bere, coi sassi, coi fucili, e minacciano di sfondare ogni cosa. Al vedere che lo fanno davvero, dove non rispondono subito, aprono le Proscimo, apro io pure, e ci mettiamo alla fune del pozzo. Acqua all'uno, acqua all'altro; ne vengono sempre! Bisogna vedere come vi si buttavano, colla faccia, colle mani, coi berretti, e spinte, e busse, una ressa indiavolata. Delle facce, Dio ne scampi, che avevano gli occhi come brace. E alcuni si lasciavano cadere giù in fascio col fucile dove c'era un po' d'ombrìa. Altri si cacciavano nelle case e mettevano le mani da per tutto. - Ah le mani! - Questo poi! Sì e no. - Tira e molla. - Si cercava di persuaderli colle buone e colle cattive: - Caporale! - Che fate? - Siamo poveri campagnoli! - Noialtri non c'entriamo colla guerra -. A chi dite! Come parlare al muro. E a capire ciò che dicevano loro, peggio, con quel linguaggio di bestie che hanno. Andare a far sentir ragione alle bestie! La Proscimo che ci s'era provata con uno che le sembrava più faccia da cristiano, un ragazzo addirittura, biondo come l'oro, fine e bianco di pelle che sembrava una donna, cercava di addomesticarlo narrandogli guai e miserie - Sono una povera vedova - con due orfani sulle spalle! - Ci avrete la mamma anche vossignoria, laggiù al vostro paese!... - Sissignora che quello invece le adocchia la figliuola, e tirava a farsi intendere colle mani, giacché colla lingua non si capivano né lei, né lui. L'uno peggio dell'altro, in una parola. Gente venuta da casa del diavolo ad ammazzare e farsi ammazzare per un tozzo di pane. Dopo che ebbero bevuta l'acqua, vollero bere il vino, e dopo vollero il pane, e dopo volevano anche la ragazza. Ah, le donne, poi! Qui non si usa! Pazienza la roba, e tutto il resto. Ma anche le donne adesso? proprio sotto il mostaccio? Allora era meglio pigliare lo schioppo anche noi, e come finiva, finiva. Vero ch'erano in tanti, e facevano tonnina nel villaggio intero! La Nunzia, però - una ragazza onesta - quel discorso sotto gli occhi della madre e dei vicini per giunta... - Urli, graffi, morsi, si difendeva come una leonessa. E la vecchia! Avete visto una chioccia, che è una chioccia, se la toccano nei pulcini? Insomma, sul più bello salta in mezzo anche il ragazzo dei Minola, che stava abbeverando quei porci lui pure - con quel bel costrutto. - Salta in mezzo, e si mette a dar botte da orbi con un pezzo di legno che trovò lì nel cortile - o che gli premesse la ragazza, vicini come erano, oppure che gli sia andato il sangue agli occhi finalmente, dopo tante soperchierie. Botte da orbi, a chi piglia, piglia.

Ma chi le pigliò peggio fummo noi poveri diavoli del paese. Le case arse, i poderi distrutti, il ragazzo Minola con una baionetta nella pancia, la mamma Proscimo ridotta povera e pazza, e Nunzia con un figliuolo che non sa di chi sia, adesso.

L'OPERA DEL DIVINO AMORE

Nel monastero di Santa Maria degli Angeli c'era sempre stata proprio la pace degli angeli. Non dispute né combriccole quando trattavasi di rieleggere la superiora, suor Maria Faustina, che reggeva il pastorale da vent'anni, come i Mongiferro da cui usciva tenevano il bastone del comando nel paese; non liti fra le monache pel confessore o per la nomina delle cariche della comunità. Le cariche si sapeva a chi andavano, secondo la nascita e l'influenza del parentado. E come suol dirsi che il monastero è un piccolo mondo, anche lì dentro c'erano le sue gerarchie, chi disponeva di un pezzetto d'orticello, e chi no, chi aveva le sue camere riserbate sotto chiave, le sue galline segnate alla zampa, e i giorni fissi per servirsi delle converse e del forno della comunità. Ma senza invidie, senza gelosie, che son l'opera del demonio e mettono la discordia dove non regna il timor di Dio e il precetto d'obbedienza. Già si sa che tutte le dita della mano non sono eguali tra di loro, e che anche nel Testamento Antico c'erano i Patriarchi e le Potestà. A Santa Maria degli Angeli l'abbadessa e la celleraria erano sempre state una Flavetta o una Mongiferro: dunque vuol dire che così doveva essere, e a nessuna veniva in mente di lagnarsene. Se nascevano delle questioni alle volte - Dio buono, siamo nel mondo, e ne nascono da per tutto - suor Faustina colle belle maniere, e don Gregorio suo fratello coi sorbetti e i trattamenti che mandava per tutte quante le religiose, nelle feste solenni, mantenevano nel convento il buon ordine e il principio d'autorità.

Ma un bel giorno questa bella pace degli angeli se ne andò in fumo. Bastò un'inezia e ne nacque un diavolìo.

Padre Cicero e padre Amore, liguorini e cime d'uomini, vennero in paese pel quaresimale e fondarono l'Opera del Divino Amore, con sermoni appropriati e sottoscrizioni pubbliche fra i fedeli. Se ne parlava da per tutto. Le buone suore avrebbero voluto vedere anch'esse di che si trattava. Però il monastero ne aveva pochi da spendere, e suor Maria Faustina diceva che bastava don Matteo Curcio, il cappellano, per gli esercizi spirituali.

C'era in quel tempo novizia a Santa Maria degli Angeli, Bellonia, figlia di Pecu-Pecu, il quale arricchitosi col battezzare il vino, aveva messo superbia per sé e pei suoi e aveva pensato di far educare la figliuola fra le prime signore del paese - motivo d'appicciatcarle il *Donna*, se giungeva a maritarla come diceva lui.

Bellonia però, rimasta nel sangue bettoliera e tavernaia, in convento ci stava come il diavolo nell'acqua santa, e gliene fece vedere di ogni colore, a lui Pecu-Pecu, e alle monache tutte quant'erano. La prima volta fuggì ficcandosi nella ruota del parlatorio. Una povera donna che si trovava lì appunto a ricevere non so che piatto dolce dalle monache, rimase figuratevi come, invece, al vedersi sgusciar fuori dallo sportello quel diavolo in carne, appena girò la macchina. Un'altra volta si calò dal muro dell'orto, colle sottane in aria, a rischio di spezzarsi il collo. Un giorno che si facevano certi lavori nel monastero, e c'era quindi un via vai di muratori alla porta, Bellonia si cacciò fra le gambe della suora portinaia, e via di corsa. Pecu-Pecu, poveretto, ogni volta correva a cercare la sua figliuola di qua e di là, fra gli altri monelli, nei trivi, fuor del paese, dietro le siepi di fichi d'India pure, e la riconduceva per un orecchio al convento, supplicando la madre badessa di perdonarle e ripigliarsela per amor di Dio. Alla ragazzetta che si ribellava poi, e strillava rivoltolandosi in giro per terra, strappandosi vesti e capelli, e non voleva starci, carcerata in convento, Pecu-Pecu tornava a dire:

- Bellonia, abbi pazienza!... Per amor del tuo papà!... Dammi questa consolazione al papà! -

Bellonia non voleva dargliela. Vedendo che non poteva escirne, di gabbia, o dopo tornava a cascarci per sempre, cercò il modo e la maniera di farsene cacciar via dalle monache stesse. Attaccò lite con questa e con quella, mise zizzanie, inventò pettegolezzi, fece altre mille diavolerie, e non giovava niente. Pecu-Pecu accorreva, pregava, supplicava, faceva intendere questo e quell'altro, si giovava della protezione di don Gregorio Mongiferro e degli altri pezzi grossi, ch'eran tutti suoi debitori, mandava regali al convento, e Bellonia vi restava sempre. Tanto, suo padre si era incaponito di lasciarvela a imparare l'educazione, sino a che la maritava.

- Tu dammi questa consolazione, e il papà in cambio ti contenterà in tutto quello che desideri -.

- Pensa e ripensa, infine Bellonia disse che voleva quelli del Divino Amore, e Pecu-Pecu fece venire i due padri liguorini a sue spese. Quaresimale in regola e Santa Maria degli Angeli, con organo, mortaletti e suono di campane.

Dopo due giorni soli che padre Cicero e padre Amore fecero sentire la parola di Dio a modo loro, le povere monache parvero ammattite tutte quant'erano. Chi fu presa dagli scrupoli, e chi si trovava ogni giorno un peccato nuovo. Estasi di beatitudine, fervori religiosi, novene a questa o a quella Madonna, digiuni, cilizi, discipline che levavano il pelo. Parecchie si accusarono pubblicamente indegne del velo nero. Suor Candida, per mortificazione, non si lavava più neppur le mani, suor Benedetta portava una funicella di pelo di capra sulle nude carni, e suor Celestina arrivò a mettere dei sassolini nelle scarpe. A suor Gloriosa infine la predica dell'Inferno aveva fatto dar volta completamente al cervello, e andava borbottando per ogni dove: - Gesù e Maria! - San Michele Arcangelo! - Brutto demonio, va via! -

Siccome la *grazia* poi toccava i cuori per bocca dei due predicatori forestieri, le suore se li rubavano al confessionale, al parlatorio, li assediavano sino a casa per mezzo del sagrestano, coi dubbi spirituali, coi casi di coscienza, coi vassoi pieni di dolci. Alla madre abbadessa fioccavano le domande delle religiose, le quali chiedevano l'uno o l'altro dei due padri liguorini per confessore straordinario. Invano suor Maria Faustina, che ai suoi anni era nemica di ogni novità, rifiutava il permesso, anche per riguardo a don Matteo Curcio, che era il cappellano ordinario del monastero. Le monache ricorrevano al vicario, all'arciprete, sino al vescovo, inventavano dei peccati riservati, si lamentavano che don Matteo Curcio era duro d'orecchio, e non dava quasi retta: - Gnora sì - Gnora no - Ho inteso - Tiriamo innanzi -. Qualcheduna giunse ad accusarlo di far cascare le penitenti in distrazione, con quella barba sudicia di otto giorni, che in un servo di Dio non ispirava alcuna devozione.

Invece i due padri forestieri, quelli sì che sapevano fare! L'uno, padre Amore, che portava il nome con sé, un bell'uomo che si mangiava l'aria, e faceva tremar la chiesa in certi passi della predica; e padre Cicero, un artista nel suo genere, tutto san Giovanni Crisostomo, col miele alle labbra. I peccati sembravano dolci a confidarli nel suo orecchio. E la bella maniera che aveva di consolare! - Sorella mia, la carne è fragile. - Siamo tutti indegni peccatori. - Buttatevi nelle braccia del Divino Amore -. Allorché vi sussurrava all'orecchio certe parole, con la sua voce insinuante, con le pupille color d'oro che vi frugavano addosso attraverso la grata, sembrava che vi s'insinuasse nella coscienza, quasi l'accarezzasse, talché quando levava per assolvervi quella bella mano fine e bianca, vi veniva voglia di baciarla.

Qualche disordine s'era notato sin da principio. C'erano state delle mormorazioni a causa di suor Gabriella la quale accaparravasi padre Amore tutte le mattine, e lo sequestrava al confessionale per delle ore, quasi ella avesse il *jus pascendi* perché discendeva dal Re Martino. Altre si sentivano umiliate dai canestri di roba che suor Maria Concetta mandava in regalo a padre Cicero: paste, conserve, sacchi interi di zucchero e caffè; alla sua grata, nel parlatorio, dopo la messa di padre Cicero, sembrava che vi fosse il trattamento di qualche monacazione. Voleva dire che chi non poteva spendere, come suor Maria Concetta, o doveva fare una magra figura, o non si poteva mettere in grazia di Dio col confessore forestiero.

Perciò suor Celestina fu costretta a privarsi delle due uniche galline, e suor Benedetta, che non aveva altro, dovette sollecitare la grazia di lavare colle sue mani la biancheria di padre Cicero. - Ogni fiore è segno d'amore. - I due reverendi protestavano, padre Cicero specialmente, che ci stava alle convenienze: - Non voglio. - Non posso permettere -. Una volta finse pure d'andare in collera con don Raffaele, il sagrestano, che non c'entrava per nulla affatto, e di quelle scene non ne aveva viste cogli altri preti, stomacato dalla commedia in cui padre Amore rappresentava poi la parte di paciere e pigliava lui le paste e i regali, per non mandarli indietro. - E per non dir neanche grazie! - borbottava don Raffaele tornandosene a mani vuote. Ma infine, sia padre Cicero o padre Amore, i reverendi pigliavano ogni cosa, a somiglianza degli apostoli che erano pescatori e usavano la rete. Tutti i giorni, dal monastero ai Cappuccini, dove erano alloggiati padre Amore e padre Cicero, andava su e giù don Raffaele, poveraccio, carico di vassoi e di canestri pieni di regali, sicché una volta don Matteo Curcio, non per indiscrezione, ma per saper dire il fatto suo a tempo e luogo colle antiche penitenti, se mai, lo fermò per via, e volle cacciare il naso sotto il tovagliuolo che copriva il canestro.

- Caspita, don Raffaele! Dev'esser festa solenne anche per voi, con tante mance che vi daranno i liguorini! -

Il sagrestano gli rispose con un'occhiataccia.

- Mance, eh?... Neanche uno sputo in faccia, vossignoria!... *Retribuere Domine, bona facientibus*, che non costa niente... -

Figuriamoci Bellonia, che aveva fatto la spesa dei liguorini, e credeva di averli tutti per sé! Villana senza educazione com'era, si diede a insolentire questa e quell'altra. - Suor Celestina che stava al confessionale mezze giornate intere. - Suor Maria Concetta che s'accaparrava padre Amore. - Suor Celestina che basiva dinanzi a padre Cicero. - La gelosia del monastero insomma, Dio ne scampi e liberi. La madre abbadessa allora fece atto d'autorità, per metter freno allo scandalo. Niente liguorini. Niente confessori straordinari. Chi voleva ricorrere al Tribunale della Penitenza c'era don Matteo Curcio, il cappellano solito, nessuna eccettuata, a cominciare dalla Flavetta, ch'è tutto dire. Suor Gabriella non disse nulla, ma non si confessò neppure, né coi liguorini, né col cappellano ordinario, quindici giorni interi. La superiora quindi, a far vedere che non era una Mongiferro per nulla:

- Suor Gabriella, precetto d'obbedienza, andate a confessarvi da don Matteo Curcio -.

Suor Gabriella fece anche questa, si presentò al confessionale, con quell'alterigia di casa Flavetta:

- Son venuta a fare atto d'obbedienza alla madre badessa. Mi presento -.

E null'altro. Il povero don Matteo Curcio, buono come il pane, non poté frenarsi questa volta.

- Voi altre signore monache siete tutte superbe, - disse, - ma vossignoria è la più superba di tutte -.

Bellonia però tenne duro: o il padre liguorino, o niente. Pecu-Pecu dovette tornare a infilare il vestito nuovo e venire a intercedere. L'abbadessa dura lei pure.

- Anche le educande adesso? Ci voleva anche questa adesso! Perché lo tengo padre Curcio allora? -

Pecu-Pecu, che gli cuoceva ancora la spesa dei liguorini, non sapeva darsi pace. - O bella! Come se le educande non potessero avere dei peccati riservati meglio delle

professe! Son io infine che pago!... - E nell'andarsene mortificato e deluso si lasciò
pure scappar di bocca:

- Sino in Paradiso si deve andare per riguardo umano! Se Bellonia fosse figlia di
qualche barone spiantato, l'avrebbe avuto il liguorino! -

Bellonia intanto per spuntarla pensò di mutar registro. Demonio incarnato, si mise
a fare la santa, cadendo in estasi ogni quarto d'ora, presa dagli scrupoli se le toccavan
una mano, facendo chiamare in fretta e in furia don Matteo Curcio al confessionale
due o tre volte al giorno, come se fosse in punto di dannarsi l'anima, per dirgli invece
delle sciocchezze, tanto che il pover'uomo ci perdeva il latino e la pazienza.

- Figliuola mia, il troppo stroppia. - Questo è opera della tentazione. - Che c'è di
nuovo, sentiamo?

- C'è che ho un peccato grosso. Ma non vuol venir fuori con vossignoria... O che
non sapete fare, o che mi siete antipatico... -

Finché il pover'uomo perdé la pazienza del tutto, e le sbatté il finestrino sul muso.
La madre abbadessa montò su tutte le furie contro Bellonia, e le appioppò una bella
penitenza, il giorno stesso, in pubblico refettorio:

- Donna Bellonia, mangerete coi gatti, per insegnarvi il precetto d'umiltà -
sentenziò suor Maria Faustina colla voce nasale che metteva fuori nelle occasioni in
cui le premeva far vedere da chi nasceva.

La ragazzaccia, come se non fosse stato fatto suo, se ne stava tranquillamente
ginocchioni nel bel mezzo del refettorio, seduta sulle calcagna, colla disciplina al
collo, e la corona di spine in capo, e per ingannar la noia contava quanti bocconi
faceva intanto suor Agnese con mezzo uovo, e quante mosche mangiavano nello
stesso piatto di suor Candida. Poscia cavò fuori di tasca pian piano l'agoraio, e si
divertì a far passare gli aghi da un bocciuolo all'altro. Tutt'a un tratto, mentre suor
Speranza dal pulpito faceva la lettura, e le altre religiose stavano zitte e intente col
naso sul piatto, si udì la figliuola di Pecu-Pecu, da vera figlia di tavernaio che era, a
sbadigliare in musica.

La superiora picchiò severamente sul bicchiere col coltello, e si fece silenzio.

- Donna Bellonia! precetto d'obbedienza, farete subito subito tre volte la *via crucis*
ginocchioni, col libano e la corona di spine! -

La ragazza spalancò gli occhiacci mezzo assonnati, ancora a bocca aperta, e
domandò:

- Perché signora badessa?

- Per insegnarvi l'educazione, donna voi!

- Già... l'educazione... al solito!... -

Poi, sempre seduta sulle calcagna in mezzo al refettorio, cominciò, strapparsi di dosso la corona di spine e la funicella sparsa di nodi strillando:

- Io non voglio starci qui, lo sapete!... È mio padre che vuol tenermi qui, finché mi marito...

- L'ha preso per una locanda il monastero, l'ha preso! - disse forte suor Benedetta. - Anzi l'ha preso per un'osteria!...

- Già, l'osteria!... Vossignoria che lavate i fazzoletti di padre Cicero per sentire l'odore del suo tabacco... Come se non fosse peggio!... -

Scoppiò una tempesta nel refettorio. Suor Maria Concetta lasciò la tavola forbendosi la bocca col tovagliuolo a più riprese, quasi ci avesse delle porcherie; suor Gabriella arricciò il naso adunco dei Flavetta, sputando di qua e di là. La superiora poi sembrava che le venisse un accidente, gialla come lo zafferano, colla voce che dalla collera le tremava nel naso e fra i canini malfermi. Tutte quante che se la prendevano con donna Bellonia, ritte in piedi, vociando e gesticolando.

- Sissignora! - ostinavasi a dire la figlia di Pecu-Pecu colla faccia tosta di monella. - Come non si sapesse!... Suor Maria Concetta che gli imbocca i biscottini colle sue mani, a padre Cicero!... E le male parole che suor Gabriella ha detto a suor Celestina perché le ruba padre Amore!...

- È uno scandalo! una porcheria! - strillavano tutte insieme.

Suor Gloriosa, cogli occhi fuori dell'orbita, andava borbottando:

- Gesù e Maria! - San Michele Arcangelo! - *Libera nos, Domine!*...

- Sissignora! le porcherie le fanno loro pel confessore. Io non ho potuto averlo, il confessore forestiero, perché non son figlia di barone!... -

La superiora, ritta sulla predella abbaziale, riescì infine a far udire la sua voce in falsetto:

- Lo scandalo lo fo cessare io! Da ora innanzi il solo confessore di tutta la comunità sarà don Matteo Curcio, come prima!... Precetto d'obbedienza! La madre portinaia non lascierà passare più nulla senza il mio permesso speciale... Precetto d'obbedienza!... Voi, donna Bellonia, farete otto giorni di cella a pane ed acqua. Dopo poi si vedrà con vostro padre!... -

Non si dormì quella notte a Santa Maria degli Angeli.

"Che posso farci se l'amo? Forse che al cuore si comanda?..." dice la Sposa dei Cantici...

Padre Cicero, dacché gli era chiuso il parlatorio e il confessionale di Santa Maria degli Angeli, faceva parlare ogni momento la Sposa dei Cantici, negli ultimi sermoni del quaresimale. Padre Amore, più focoso, scorrazzava come un puledro nel Testamento Vecchio e Nuovo, cavandone fervorini di questa fatta:

"Tu mi hai involato il cuore, o sposa, sorella mia: tu mi hai involato il cuore con uno dei tuoi occhi" - "O Dio, tu ci hai scacciati... Dacci aiuto per uscir di distretta...".

Nel coro, di risposta, erano sospiri repressi, soffiate di naso ancora più eloquenti. Suor Benedetta, che non sapeva frenarsi, singhiozzava addirittura come una bambina, sotto il velo nero. - E Bellonia che doveva udire e inghiottir tutto.

Gonfia, gonfia, le venne in mente all'improvviso l'ispirazione buona.

Terminato il triduo, spenti i lumi e pagate le spese, padre Amore e padre Cicero vennero a ringraziare le signore monache e a prender congedo dalle figlie penitenti, una dopo l'altra, per non destar gelosie. Le poverette figuratevi in quale stato, e padre Cicero cavando di tasca il fazzoletto ogni momento, quasi gli si spezzasse il cuore a quella separazione. A un tratto, in mezzo alla scena muta che succedeva fra padre Amore e suor Celestina, tutt'e due colle lagrime agli occhi, saltò in mezzo anche Bellonia, come una spiritata, e ne fece e disse d'ogni sorta. Pianti, convulsioni, strilli che si udivano dalla piazza, tanto che corsero i vicini. Pecu-Pecu, don Matteo Curcio, ed anche gli sfaccendati della farmacia. E poi, quando vide il parlatorio pieno di gente, Bellonia si mise a gridare che voleva andarsene coi padri liguorini, che ci aveva il cuore attaccato con essi - un putiferio. Saltò su allora la madre abbadessa, come una furia, e se la prese con tutti quanti, a cominciare dai liguorini.

- Ah? È questa l'opera del Divino Amore che intendete voi? Non son chi sono se non vi faccio pentire! Scriverò a monsignore! Vi farò togliere la messa e la confessione! Vedrete chi sieno i Mongiferro! -

Quei poveri servi di Dio se ne andarono più morti che vivi, la madre abbadessa fu costretta a mandar via quel diavolo di ragazza, e Pecu-Pecu dovette ripigliarsi la sua Bellonia, che non prese il *Donna,* ma vinse il punto.

IL PECCATO DI DONNA SANTA

Stavolta il quaresimalista, per far colpo su quelle teste d'asini che venivano alla predica tirati proprio per la cavezza, e poi tornavano a far peggio di prima, immaginò un colpo di scena, che se non giovava quello, prediche o sermoni era tutto come lavare la testa all'asino davvero. Fece nascondere nella vecchia sepoltura, là sotto il pavimento della chiesa, il sacrestano e due o tre altri, cui aveva prima insegnato la parte, e poi disse: - Lasciate fare a me -.

Cadeva giusta la predica dell'Inferno, in fine degli esercizi spirituali, e la chiesa era piena zeppa di gente, chi per un verso e chi per un altro, chi per ordine del giudice (che a quei tempi il timor di Dio s'insegnava colla sbirraglia) e chi per amor della gonnella. Gli uomini a sinistra, da una parte, e le donne dall'altra. Il predicatore montato sul pulpito dipingeva al vivo l'inferno, come se ci fosse stato. E poi a ogni tratto tuonava, con un vocione spaventoso: - Guai! Guai! -

Come tante cannonate. Le donne raccolte in branco dentro il recinto a destra della navata, chinavano il capo sgomente, a ogni colpo, e lo stesso don Gennaro Pepi, ch'era don Gennaro Pepi! si picchiava il petto in pubblico, e borbottava ad alta voce: - Pietà e misericordia, Signore! -

Ma c'era poco da fidarsi, perché ogni giorno, prima di scorticare il prossimo a quattr'occhi, don Gennaro Pepi tornava a mettersi in grazia di Dio, andando a messa e a confessione, e quanti erano alla predica poi, si sapeva che sarebbero tornati a fare quel che avevano fatto sempre.

- Guai a te, ricco Epulone, che ti sei ingrassato col sangue del povero! - E tu, Scriba e Fariseo, spogliatore della vedova e dell'orfano... -

Questa era pel notaio Zacco. E ce n'era per tutti gli altri: pel barone Scampolo che aveva una lite coi reverendi padri cappuccini; per don Luca Arpone, il quale viveva in concubinato colla moglie del fattore; pel fattore che si rifaceva alla sua volta sulla roba del padrone; pei libertini che congiuravano contro i Borboni nella farmacia Mondella; per tutti quanti insomma, poveri e ricchi, ragazze e maritate, che ciascuno nel paese conosceva le marachelle del vicino, e diceva in cuor suo: - Meno male che tocca a lui! - a ogni peccato che sciorinava fuori il predicatore, e la gente si voltava a guardare da quella parte.

- E allorché sarete nelle fiamme eterne, poi, cosa farete?... Guai!

- Cos'è? - borbottò donna Orsola Giuncada all'orecchio della figliuola, la quale dimenavasi sulla seggiola, quasi fosse realmente sui carboni accesi, per sbirciare Ninì

Lanzo, laggiù in fondo. - Cos'è? Ti vengono i calori adesso? Bada che te li fo passare con qualche ceffone, ehi! -

Intanto pareva di soffocare, in quella stia. Fra il caldo, l'oscurità, il sito greve della folla, quelle due misere candele che ammiccavano pietosamente dinanzi al Cristo dell'altare, il guaito del chierichetto che vi cacciava indiscretamente sotto il naso la borsa delle elemosine, il vocione del predicatore che intronava la chiesa e faceva venire la pelle d'oca, da sentirvi mancare il fiato. E sembrava allora che tornassero a pizzicarvi tutte le pulci degli scrupoli vecchi e nuovi, al sentire specialmente le frustate della disciplina che davasi laggiù, al buio, quel buon cristiano di Cheli Mosca, famoso ladro, che era venuto a dare il buon esempio e mostrare che mutava vita, lì, sotto gli occhi stessi del giudice e del capitano giustiziere - cing-ciang - colla cigna dei calzoni. - Ché poi, se mancava un pollo in paese, andavano subito a cercar lui, sangue di Giuda ladro! Gli uomini, dal canto loro, tenevano duro, bene o male. Ma nel recinto delle donne la parola di Dio faceva miracoli addirittura: sospiri, brontolii, soffiate di naso che non finivano più; e chi aveva la coscienza pulita ringraziava il Signore in faccia a tutti quanti - *coram populo* - e tanto peggio per qualcun'altra che non osava levare il naso dal libro di messa, donna Cristina-del-giudice a mo' d'esempio, o la Caolina, messa in disparte come un'appestata, con tutti i suoi fronzoli e il puzzo di muschio che ammorbava.

- A che ti gioveranno, Maddalena impenitente, le chiome profumate di mirra e d'incenso, e i vezzi procaci?... -

Donna Orsola si turò il naso, stomacata dallo scandalo che recava in chiesa la Caolina, poiché gli uomini per simili donnacce trascurano fino il sacramento del matrimonio, e vi lasciano muffire in casa le figliuole, senza contare poi gli altri inconvenienti che ne nascono: le ragazze che per aiutarsi si attaccano pure a uno spiantato senz'arte né parte, come Ninì Lanzo; i padri di famiglia che continuano a correre la cavallina a cinquant'anni... - Guai agli adulteri e ai lussuriosi!...

- Ehm! Ehm!...

Ora che il predicatore si era buttato addosso al settimo peccato mortale, e diceva pane al pane, la povera donna Orsola si sentiva sulle spine per la figliuola, che sgranava gli occhi e non perdeva una sola parola della predica. Tossì, si soffiò il naso; infine cominciò a farle la predica a modo suo, che le ragazze in chiesa devono stare composte e raccolte, ascoltando solo quello che sta bene per loro, senza bisogno di fare quel viso sciocco, quasi il servo di Dio parlasse turco.

Parlava come sant'Agostino invece il predicatore; tanto che si sarebbe udita volare una mosca; la stessa Caolina si era calato il manto sugli occhi, e pareva contrita anche lei.

L'uditorio era così penetrato dal soggetto della predica, che vecchie di cinquant'anni tornavano ad arrossire come zitelle, e le più infervorate guardavano di traverso donna Santa Brocca, la moglie del dottore, che era venuta alla predica con un ventre di otto mesi che faceva pietà, e si sentiva morire sotto quelle occhiate, poveretta.

Una santa donna davvero però costei, timorata di Dio, sempre fra preti e confessioni, tutta della casa e del marito, tanto che gliela aveva empita di figliuoli, la casa. E il marito - un libertino, uno di quelli che andavano a cospirare nella farmacia Mondella - ogni volta che sua moglie mettevasi a letto coi dolori del parto, se la pigliava con Dio e coi sacramenti, specie quello del matrimonio, talché la poveretta piangeva nove mesi interi quando tornava ad essere in quello stato.

Ma stavolta donna Santa gliene fece una più grossa delle altre. È vero che il diavolo e il predicatore ci misero la coda - con quella scena dell'altro mondo che il quaresimalista aveva preparato - a fin di bene però. Mentre sgolavasi a gridare: - Guai a voi, lussuriosi! - Guai a te, adultera! - apparvero le fiamme della pece greca nel bel mezzo della chiesa, e si udirono il sagrestano coi compari che strillavano: - Ahi! Ohimé! - Che vedeste allora! Chi diceva che erano proprio i diavoli, chi piangeva ad alta voce, chi si buttava ginocchioni. La vedova Rametta, che aveva il marito sepolto lì di fresco, svenne dalla paura, e due o tre per simpatia. La povera donna Santa Brocca poi, già debole di mente per la gravidanza, i digiuni e le devozioni, sbigottita fra i rimproveri del marito e le invettive del predicatore, sofferente dal caldo, dalla vergogna, dal puzzo di zolfo, fu colta all'improvviso dagli scrupoli, o da che so io, cominciò a smaniare e a stralunare gli occhi, pallida come una morta, annaspando colle mani in aria, gemendo: - Signore!... Sono una peccatrice!... Pietà e misericordia!... - e tutt'a un tratto, crac, fece la frittata.

Figuratevi il putiferio: voci, strilli, mamme che scappavano, spingendosi innanzi le ragazze curiose di vedere: insomma, un parapiglia. Gli uomini, nella confusione, invasero il recinto riservato, a dispetto del giudice che brandiva la canna d'India, e gridava come fosse in piazza. Corsero pugni e pizzicotti, nel pigia pigia. Quella fu anzi l'occasione che Betta l'indemoniata si rimise con don Raffaele Molla, dopo tante liti e tante vergogne che erano state fra di loro, e la Caolina fece vedere a chi voleva le brachesse ricamate, scavalcando seggiole e panche meglio di una capra. Una baraonda da farvi badare al portafoglio o alla catenella dell'orologio, se era il caso, ché il giudice a buon conto appioppò una stangata sulle spalle a Cheli Mosca, per tenerlo in riga.

Infine, qualche bene intenzionato, coll'aiuto del giudice e delle altre autorità, sgridando, strepitando, pigliando la gente per il petto del vestito, correndo di qua e di là, come cani intorno al gregge, riuscirono a mettere un po' d'ordine e ad avviare la processione che doveva recarsi alla Matrice, come al solito, per ringraziare il Signore, la ciurmaglia innanzi, alla rinfusa, a spinte e a sdruccioloni per la viuzza dirupata, e i galantuomini dietro, a due a due, colla corona di spine e la disciplina al collo, che da ogni parte correvasi a veder passare a quel modo i meglio signori del paese, baroni e pezzi grossi, cogli occhi bassi, e le finestre erano gremite di belle donne - una tentazione per quelli che passavano in processione colla corona di spine in testa. Nel terrazzino del pretorio donna Cristina-del-giudice chiacchierava colle sue amiche, e faceva gli onori di casa quasi fosse la padrona.

- Sicuro! Donna Santa Brocca! Bisogna dire che ci abbia di gran porcherie sulla coscienza! L'avrebbe detto, eh? una mascherona come lei! E si faceva passare per santa! Anche suo marito farebbe meglio ad aprire gli occhi in casa sua, invece di sparlare di tutto e di tutti! -

Il dottor Brocca, che era realmente un giacobino, un malalingua di quelli della farmacia Mondella, e andava in giro per le sue visite, invece di ascoltare la predica e di seguire la processione, come seppe il castigo di Dio che gli era capitato addosso, e gli portarono a casa la moglie più morta che viva, cominciò a strepitare e a prendersela col quaresimalista, cogli esercizi spirituali, e col Governo che permetteva simili imposture, e tiravano ad accopparvi una gestante con quelle commedie; finché il giudice lo mandò a chiamare in pretorio *ad audiendum verbum*, e gli fece una bella lavata di capo: - che il Governo è quello che comanda, e non sarete voi, mio caro, che gli insegnerete ciò che deve fare. Avete capito? - E il quaresimalista apparteneva a quell'ordine dei reverendi padri liguorini che si facevano sentire sino a Napoli, e andavano girando e predicando per notare a libro maestro buoni e cattivi cittadini, come fa san Pietro in paradiso, per conto dei superiori. - Già voi non siete nella pagina pulita, caro don Erasmo! Che siete stanco di fare le vostre visite, adesso, e volete riposarvi in qualche carcere di Sua Maestà? Fatevi i fatti vostri, piuttosto. Avete capito? -

I fatti suoi erano che sua moglie stava per lasciarlo vedovo, con cinque figliuoli sulle spalle, povero don Erasmo, e per giunta, nel delirio, essa gli spifferava sotto il naso certe cose che gli facevano drizzare le orecchie, pur troppo!

- Guai all'adultera! Guai ai lussuriosi!... Sono in peccato mortale!... Signore, perdonatemi!... -

Quello che aveva sentito alla predica, insomma. Ma don Erasmo, che non era stato alla predica, non sapeva che pensare, sgranava gli occhi, si faceva di tutti i colori, balbettava ansioso:

- Eh? Che dici? Eh? -

Non che sua moglie avesse mai dato occasione a sospettar di lei, poveretta, con quella faccia! che sarebbe stata una vera birbonata a volergli fare quel tiro al dottor Brocca, un altro che non ci fosse obbligato, come vi era costretto lui, purtroppo, per amor della pace, per accontentare la moglie che aveva la testa piena delle diavolerie dei preti, e osservava con fervore tutti e cinque i sacramenti... S'intendeva lui, che aveva una nidiata di figlioli sulle spalle! Già i preti non pagano del loro! E quando una donna si è scaldata la testa, poi... Ne aveva viste tante! - Eh? che dici? Parla chiaro, in malora -.

Ma l'inferma non dava retta, accesa, guardando chi sa dove cogli occhi stralunati. E donna Orsola Giuncada, che gli era sempre fra i piedi, col pretesto di assistere la cugina donna Santa, gli dava sulla voce, per di più:

- È questa la maniera? Dopo un aborto? Mi meraviglio di voi che siete medico! -

- E lasciatela dire, peste! Si tratta del mio interesse!... -

Le amiche che venivano a visitare l'inferma facevano le meraviglie!... - Possibile! Un caso simile! Se stava così bene! Era venuta alla predica! Una madre di famiglia ch'era un modello! Che scrupoli poteva avere? -

- Mah!... Mah!... -

Alcune tentennavano allora il capo discretamente, altre invece si guardavano fra di loro, e se ne andavano senza chiedere altro. Qualche burlone perfino stringeva la mano in certo modo a don Erasmo che sembrava dirgli: - Pazienza! È toccata a voi... -

Almeno gli sembrava! Giacché, quando vi si è ficcata una di quelle pulci nell'orecchio, un galantuomo non sa più che pensare. Vito 'Nzerra non era venuto a riferirgli pure le chiacchiere che faceva correre donna Cristina-del-giudice, quella pettegola, insudiciando anche lui, povero galantuomo?

Le chiacchiere non finivano più: forse donna Santa era uscita di casa che non si sentiva bene quel giorno: o una mala luna nella gravidanza: o qualche spintone della folla: e questo, e quest'altro; oppure aveva avuto che dire col marito: - Dite la verità, eh, don Erasmo?... - La verità... la verità... Non si può sapere la verità! - Don Erasmo, che si sentiva scoppiare, la buttò infine in faccia alla Borella e a due o tre altri fidati: - Non vogliono che si dica la verità!... preti, sbirri, e quanti sono della baracca dei burattini!... che menano gli imbecilli per il naso!... proprio come le marionette!... e tirano ad accopparvi una gestante con simili pagliacciate!... -

- Ma no! Ma no! Siamo state tutte alla predica... C'ero anch'io... A nessuna è successo niente... -

- Allora! Allora!... -

Allora non sapeva che dire il povero don Erasmo, cogli occhi stralunati e la bocca amara. Tornava a supplicare la moglie, prendendola colle buone, colla faccia atteggiata al riso, mentre preparava decotti e l'abbeverava di medicine: - Dilla al tuo maritino la verità... Cos'è questo peccato? Che devo perdonarti? -

Come parlare a un muro. Donna Santa non disserrava neppure i denti per inghiottire le medicine, alle volte; oppure, se parlava, tornava a battere la stessa solfa di castighi, di peccati gravi, di lingue di fuoco che aveva sempre dinanzi agli occhi.

- Ah? Non posso sapere nemmeno cosa è successo in casa mia, ah? - sbuffava allora furibondo don Erasmo rivolto a donna Orsola ch'era sempre lì, fra i piedi.

Lui che sapeva tutte le storie di casa altrui, gli scandali di donna Cristina, le scene della vedova Rametta che andava a piangere, la buon'anima, nelle braccia di questo o di quello! - Se ne facevano le belle risate col farmacista e don Marco Crippa. - Gli pareva di vederlo, adesso, don Marco, strizzando l'occhio guercio, ora che la disgrazia toccata a lui faceva le spese della conversazione.

- Capite bene, donn'Orsola, che ho diritto di sapere infine cos'è successo in casa mia! -

- Cos'è successo? Che vedete? Non vedete che vaneggia, poveretta? Sono le parole della predica che le rimasero in mente... -

Giusto! perché le fossero rimaste in mente appunto quelle voleva sapere don Erasmo! In casa sua non ce n'erano mai state di simili porcherie!... Che sapesse lui, almeno! Che sapesse lui, Cristo santo! - Lasciatemi stare, Cristo santo, o dico che siete d'accordo fra di voi! E tu spiegati, mannaggia!

- Che volete? Perdonatemi!... -

Ah no! Don Erasmo voleva prima sapere cosa dovesse perdonare! ...e chi ringraziare del tiro fattogli, se mai! ...del furto domestico! ...Sissignore, del furto domestico! Perché quando un galantuomo non è sicuro nemmeno in una casa come la sua, una vera fortezza, e con una moglie come la sua, che a fargli un tiro simile con siffatta moglie doveva essere stata inimicizia bell'e buona!... Ma chi? compare Muzio, il solo che bazzicasse da lui... a sessant'anni suonati!... È vero che donna Santa non era più di primo pelo nemmeno lei, e il peccato poteva essere vecchio anch'esso... E allora? Allora? Quei figlioli di cui s'era empita la casa in ossequio al settimo sacramento? C'era qualche ladro anche fra di loro... Gennarino, o Sofia... o Nicola?... Tutti i santi del calendario c'erano in casa sua! Di tutte le età e di tutti i colori... Anche coi capelli rossi come il notaio Zacco che stava lì di faccia, ed era capacissimo di avergli fatto quel tiro per pura e semplice birbonata, *gratis et amore Dei*!

Il pover'uomo perdeva la testa in quei sospetti, e si rodeva dentro, mentre gli toccava assistere l'ammalata, e correre di qua e di là per la casa in disordine, costretto a far tutto lui, la pappa per Concettina, lavare il muso ad Ettore - forse i ladri domestici, poveri innocenti!... No, non poteva durare a quel modo! Donna Santa avrebbe parlato infine, avrebbe detto la verità, - se è vero che era una santa donna, - per scarico di coscienza.

Ma essa invece non confessò nulla, nemmeno in punto di morte, nemmeno al prete che venne a portarle il viatico. Don Erasmo lo prese a quattr'occhi, dopo, seguendolo giù per la scala, colle gambe che gli vacillavano sotto, per conoscere infine questa benedetta verità... - Se è vero che ci sia questo mondo di là... Se è vero che bisogna andarvi colla coscienza pulita... Specie di certi fatti che tolgono per sempre il sonno e l'appetito a un galantuomo... Disposto a perdonare però... da buon cristiano... -

Niente! Neppure al confessore aveva detto nulla sua moglie. - Una vera santa, caro don Erasmo! Potete vantarvene... - o che realmente sua moglie non avesse nulla da dire, o che anche le sante ci hanno il pelo sullo stomaco.

E se il dottor Brocca non poté togliersela allora, non se la tolse mai più quella spina dal cuore, quel dubbio amaro, quel sospetto che gli accendeva il sangue a ciascuno che venisse a cercarlo, o soltanto passasse per via, e lo coglieva di soprassalto se fermavasi un quarto d'ora nella farmacia, e gli metteva l'inferno in casa, gli avvelenava il pane stesso che mangiava a tavola, fra quella nidiata di marmocchi che ne divoravano dei cassoni pieni, chissà quanti a tradimento, e quella moglie che tornata da morte a vita avrebbe voluto tornare anche ad essere come era prima, tutta della casa e del marito, sempre fra preti e confessori.

- Come la fai questa confessione? Che andate a dirgli al confessore voi altre donne?... Se non dite mai la verità!... -

La poveretta piangeva, si disperava, faceva mille proteste e mille giuramenti. La cugina Orsola alle volte accorreva alle grida, e gli diceva il fatto suo:

- Ma che volete, infine, da lei?... Volete che inventi dei peccati? Volete esser becco per forza? -

E gli toccava mandar giù anche questa e tacere! E gli toccava chinare il capo e cambiar discorso, quando si rideva degli altri mariti disgraziati, con don Marco Crippa e il farmacista.

LA VOCAZIONE DI SUOR AGNESE

Era venuta dopo, alla povera Agnese, la vocazione di prendere il velo, quando la sua famiglia, caduta in rovina, fu costretta a farla monaca per darle un tozzo di pane.

Prima era destinata al mondo. A casa sua filavano e tessevano la biancheria pel corredo di lei, mentr'essa terminava l'educandato a Santa Maria degli Angeli. Suo padre, don Basilio Arlotta, l'aveva già fidanzata col figliuolo del dottor Zurlo, un partitone che faceva gola a tutte le mamme del paese, malgrado la bassa nascita. Bel giovane, bianco rosso e trionfante, egli faceva l'innamorato con tutte quante le ragazze. Com'era figlio unico, e donna Agnesina Arlotta avrebbe portato la nobiltà nei Zurlo, s'era lasciato fidanzare a lei, e aveva preso gusto anche a scaldarle la testa, recitando la sua parte di primo amoroso del paese. Babbo Zurlo che mirava al sodo, e a quella commedia ci credeva poco, diceva in cuor suo: - Il suggeritore lo faccio io. Se don Basilio Arlotta non snocciola la dote in contanti, spengo i lumi e calo la tela -.

Don Basilio arrabattavasi appunto a mettere insieme la dote confacente alla nascita della sua Agnese, giacché di nobiltà in casa ce n'era assai, ma pochi beni di fortuna, e imbrogliati fra le liti per giunta. Il pover'uomo che voleva far contenti tutti, e non ci vedeva dagli occhi per la figliuola ingolfavasi nelle spese: venti salme di maggese alle Terremorte seminate tutte in una volta; la lite di Palermo spinta innanzi a rotta di collo. - Come chi dicesse un pazzo che giuoca ogni cosa su di una carta, a fin di bene, sia pure, per amor della famiglia; ma fu quella la sua rovina.

Lavorava come un cane, sempre in faccende, di qua e di là, con gente d'ogni colore che gridava e strepitava. Partiva all'alba pei campi, e tornava a tarda sera, sfinito, coll'aria stravolta, sognando anche la notte i seminati in cui aveva messo il poco che gli rimaneva, e tutte le sue speranze. - San Giovan Battista! - Anime del Purgatorio, aiutatemi voi! - Così pregava la Madonna dell'Idria, accendendole di nascosto ogni sabato la lampada, dinanzi all'immagine benedetta del Papa, perché facesse piovere. Teneva nascoste ai suoi le lettere dell'avvocato che gli parlavano della causa. In casa sforzavasi di mostrarsi allegro, il poveraccio. Rispondeva alle occhiate timidamente ansiose della moglie: - Va bene - Non c'è male - Domeneddio non ci abbandonerà in questo punto... - Si confessò e si comunicò a Pasqua; si mise in grazia di Dio, pregando coll'ostia in bocca per la buon'annata, per la vittoria della lite, per la buona riuscita del matrimonio che doveva far felice la sua creatura...

Essa pure, l'Agnesina, il bene che le volevano se lo meritava. Buona, amorevole, ubbidiente, quando le avevano fatto vedere lo sposo attraverso la grata - una lontana parente - e la mamma le aveva detto all'orecchio: - È quello lì. Ti piace? - Essa aveva chinato il viso, rosso qual brace:- Sì -. Poi, successa la catastrofe, come le fecero intendere che bisognava rinunziare a don Giacomino e darsi a Dio, chinò il capo di nuovo e disse: - Sì -.

Era stato il giorno di Pasqua che glielo avevano fatto conoscere, quel cristiano. L'aspettava, lo sapeva quasi. Le avevano messo in capo quel brulichìo le confidenze delle amiche, le visite insolite delle parenti di lui, certe mezze parole della mamma... Ah, che festa quella mattina che la mamma le aveva fatto dire di scendere in parlatorio, dopo le funzioni! Che dolcezza nel suono dell'organo, quante visioni nelle nuvolette azzurre che recavano sino al coro il profumo dell'incenso! Che batticuore in quell'attesa! Ogni cosa che rideva, ogni cosa che risplendeva d'oro e di sole, ogni cosa che sembrava trasalire allo scalpiccìo della gente che entrava in chiesa, quasi aspettasse, quasi sapesse già... Non lo dimenticò più quel giorno di Pasqua, la poveretta. Ancora, dopo tanti anni, quando udiva lo scampanìo allegro che correva su tutto il paese, le sembrava di rivedere il giardinetto tutto in fiore, le compagne appollaiate alle finestre, un cinguettìo di passeri, un chiacchierìo giulivo di voci note e care, un ronzìo nelle orecchie, uno sbalordimento, e lui, quel giovine, col sorriso già bell'e preparato, e la destra nel panciotto, e l'occhiata tenera che sembrava sfuggirgli suo malgrado, in mezzo ai suoi parenti, al di là della soglia del portone spalancato...

Le avevano pure fatto una gran festa all'uscire dal monastero, tutti i parenti, anche quelli di lui. Il babbo era tanto contento quella sera! I dispiaceri e i bocconi amari se li teneva per sé, il poveretto. Per gli altri invece aveva fatto preparare dolci e sorbetti che Dio sa quel che gli erano costati. Dio e lui solo! E nessun altro. - Né la ragazza per cui si faceva la festa, né il giovane che le avevano fatto sedere allato. - Se don Giacomino avesse sospettato in quel momento quanti pasticci c'erano in quella casa, e come la dote che gli avevano promessa tenesse proprio al filo della buona o cattiva annata, avrebbe preso il cappello e sarebbe andato via, senza curarsi di far più l'innamorato.

E sarebbe stato meglio; ché allora la giovinetta non aveva ancora messa tutta l'anima sua in quel giovine, al vederlo tutti i giorni, quasi fosse già uno della famiglia, che veniva a farle visita, quasi anche lui non potesse stare un giorno senza vederla, e si metteva a sedere accanto a lei, e le diceva tante cose sottovoce. E la mamma era contenta lei pure, e aspettava anche lei l'ora in cui egli soleva venire, e adornava colle sue mani la sua creatura. Le avevano fatta una veste nuova color tortorella; l'avevano pettinata alla moda, colla divisa in mezzo. Allora aveva dei bei capelli castagni, che gli piacevano tanto a lui. Le diceva che sarebbe stato peccato doverli tagliare per farsi monaca. Discorreva anche di tante altre cose, con la mamma o col babbo, di ciò che gli avrebbe assegnato suo padre, del come intendeva far fruttare la dote che gli avevano promesso, del modo in cui voleva che andasse la casa e tutto. La mamma faceva segno ad Agnese di stare attenta e di badare a ciò che diceva lui, che doveva essere il padrone. Un giorno egli le aveva regalato un bel paio d'orecchini, e aveva voluto metterglieli colle sue stesse mani, in presenza della mamma. Come passavano quei giorni! Le ore in cui egli era lì, vicino a lei, le ore in cui essa l'aspettava, le ore in cui pensava a lui - le sue parole, il suono della sua voce, i menomi gesti, tutto - col cuore gonfio, colla testa piena di lui, china sul lavoro, agucchiando allato alla mamma. La mamma sembrava che le penetrasse nell'anima, con quegli occhi amorosi che la covavano, se taceva, in tutto quel che diceva, fin nei consigli che le dava intorno al taglio di un corpetto o pel ricamo di un guanciale su cui dovevasi posare il capo della sua figliuola, accanto a quello dello sposo. Ci pensava spesso la giovinetta, col viso chino, facendosi rossa fino al collo. E la mamma sembrava che le leggesse il pensiero dolce negli occhi fissi ed assorti, che ne giubilasse anche lei, povera vecchia, senza alzare gli occhi dal lavoro, fingendo di non vedere, quando il giovane cercava di nascosto la mano tremante della ragazza, quella volta che approfittando della confusione di tutto il parentado venuto a farle visita le sfiorò il viso fra un uscio e l'altro, come a caso. Venivano spesso i parenti e le amiche, tutti che pigliavano parte alla gioia comune. C'era un'aria di festa nella casa, nei mobili ripuliti, nei mucchi di biancheria sparsi qua e là, nel va e vieni di sarte e di operaie, nelle donne che cantavano affaccendate. Il babbo però aveva un certo modo di esser contento che toccava il cuore. Gli spuntavano le lagrime, a volte, nell'abbracciare la figliuola. Le diceva: - Che Dio ti benedica! Che Dio ti benedica, figliuola mia! - E le mani gli tremavano, accarezzando la sua Agnese, e rinfrancava la voce così dicendo, per dare ad intendere ai gonzi che dormiva su due guanciali, riguardo ai suoi interessi. A San Giovanni che il paese intero bestemmiava Dio e i santi, lagnandosi della malannata, aveva il coraggio di dire soltanto lui: - Non c'è tanto male, poi. Potrebbero andar peggio le cose. Lì, a Terremorte, ci ho venti salme di maggese. Calcoliamo pure sulla media... Ho avuto buone notizie della lite, laggiù... -

Ma parlava così perché nel crocchio che stava a sentir la musica in piazza era pure la sua figliuola, seduta accanto allo sposo, colla veste di *mérinos* e il cappellino comprato a credenza. Sembrava così intenta, la cara fanciulla, senza un pensiero e senza un sospetto al mondo! Il dottor Zurlo invece aveva certi occhi inquisitori, e insisteva con certe domande indiscrete che facevano sudar freddo il povero don Basilio: - E quanto credete che vi daranno le Terremorte? E che n'è della causa? Vi siete messo in una grossa impresa, voi. Io nei vostri panni non dormirei più la notte... Con una malannata simile! Le meglio famiglie non sanno come va a finire, vi dico! A metter su casa ci penserà bene ogni galantuomo, quest'anno! - Per poco non si sfogò col figliuolo che non badava ad altro, lui, in quel momento, pigliando fuoco ai begli occhi di donna Agnesina, eccitato dalla musica che suonava e dalla bella serata tepida.

Però don Giacomino non era sciocco neppur lui. Oltreché, nei piccoli paesi tosto o tardi si vengono a scoprire gli imbrogli di ciascuno. Il povero don Basilio Arlotta friggeva proprio come il pesce nella padella, assediato dai creditori, stretto da tanti bisogni, le spese della causa, il fitto delle terre, le paghe dei contadini. Correva da questo a quell'altro, s'arrapinava in ogni guisa, cercava di far fronte alla tempesta, dava la faccia al vento contrario almeno, pagava di persona. Quando, al tempo della messe, fu colto da una perniciosa che fu a un pelo di portarselo via - e sarebbe stato meglio per lui - non diceva altro, nel delirio: - Lasciatemi alzare. Non posso stare a godermela in letto. Bisogna che vada. Bisogna che cerchi... So io!... So io!... -

E lo sapevano anche gli altri, primo di tutti don Giacomino, il quale batteva freddo colla sposa e si faceva tirar le orecchie per tornare in casa di lei, ogni volta; tanto che donna Agnesina piangeva notte e giorno, e sua madre non sapeva che pensare. Le povere donne avevano ancora gli occhi chiusi sul precipizio che inghiottiva la casa, perché don Basilio cercava ancora di nascondere il sole collo staccio, soltanto per risparmiare loro più che poteva quel dolore che se lo mangiava vivo. Ogni giorno che tardavano a conoscere il vero stato delle cose era sempre un giorno di meno di quelli che passava lui!...

Tacque dell'usciere che venne a sequestrare quel po' di raccolta alle Terremorte. Tacque della scena terribile coi contadini che l'avevano minacciato colle forche, vedendo in pericolo le loro giornate. Alla moglie che scopava già il granaio pel frumento che doveva venire dalle Terremorte, disse d'averlo venduto sull'aia. Come essa aspettava i denari della vendita disse che glieli avevano promessi a Natale. - Domani - Doman l'altro - Alla fine del mese -. Il pover'uomo pigliava tempo con tutti, balbettando delle bugie alle quali quasi quasi credeva anche lui, tanto aveva perduta la testa. - Alla vendemmia - Alla raccolta delle olive - E l'usciere era stato pure nelle vigne e nell'oliveto. Finalmente, nella novena di Natale, che le donne avevano fatto voto di digiunare tutti i nove giorni perché Gesù Bambino facesse succedere il matrimonio senza intoppi, scoppiò la bomba.

In casa Arlotta avevano fatto il pane quella mattina. L'Agnese, tutta contenta, stava anche preparando per don Giacomino certe paste che le avevano insegnate al Monastero. E lui stava a vedere, sopra pensieri, piluccando di tanto in tanto un pizzico di pasta frolla e dicendole sbadatamente, soltanto per dire qualche cosa, che essa aveva le mani più bianche del fior di farina... - lì, in cucina, dinanzi al forno, col cappello in testa, proprio come uno della famiglia - quando comparve Menica, la serva, col fascio di sermenti ch'era scesa a prendere in corte, e l'aria sconvolta: - Signora! signora!... - Nell'anticamera udivasi la voce di don Basilio che pregava e scongiurava. La signora corse subito a vedere e non tornò più, senza curarsi che lasciava soli don Giacomino colla figliuola. La povera ragazza, si strinse allora allo sposo, quasi sapesse già che non le rimaneva altro aiuto ed altro conforto: - Cos'è stato, don Giacomino, per l'amor di Dio!... -

Ah, quando vide il babbo con quella faccia! La faccia che doveva avere in punto di morte. Barcollava come un ubbriaco; andava di qua e di là senza sapere quel che facesse, chiudendo le imposte e le finestre, perché la gente che passava non vedesse l'usciere in casa sua. Imbattendosi a un tratto nel fidanzato di sua figlia, don Basilio lo guardò stralunato, col sudore dell'agonia in viso. Giunse le mani e aprì la bocca senza dir nulla. Allora don Giacomino si mise a cercare il bastone e il pastrano senza dir nulla, facendo ancora finta di non saper niente di niente, per cortesia, ed anche per evitare una scena che gli seccava, borbottando:

- Scusate... Sono d'incomodo... Mi dispiace... -

Ma come don Basilio voleva continuare a fare la commedia dell'uomo tranquillo, coi goccioloni dell'agonia in fronte e pallido più di un morto: - Ma, don Giacomino!... Figuratevi!... Un momento e li sbrigo subito... Passate un momento in camera mia colle donne... - don Giacomino si fermò a guardarlo, verde dalla bile, sul punto di spiattellargli in faccia: - A che giuoco giuochiamo? Finiamola adesso questa commedia! Se lo sanno tutti che siete rovinato! Mi meraviglio di voi che volete imbrogliare un galantuomo... -

Ma tacque ancora per prudenza. Soltanto non ci furono Cristi per trattenerlo. Né la vista dell'Agnesina che gli faceva la scena dello svenimento. Né le lagrime della madre che lo supplicava tremante: - Don Giacomino... Figliuolo mio!... - Egli disse che tornava subito, per cavarsi d'impiccio: - Mi dispiace. Non posso, proprio!... Un momento. Vado e torno -.

Tornò invece il notaio Zurlo, a restituire i regali che venivano dalla sposa: il berretto di velluto e pantofole ricamate, facendo il viso compunto per procura del figliuolo, un viso fra il padre nobile e il burbero benefico, tornando a dire anche lui: - Mi dispiace davvero!... Era il mio più gran desiderio. Ma voi non ci avete colpa, donna Agnesina!... Ne troverete degli altri coi vostri meriti... -

E volle lasciarle anche una carezza paterna sulla guancia, con due dita, sorridendo bonariamente.

Ma come vide barcollare la ragazza, bianca al par di un cencio, si asciugò persino gli occhi col fazzoletto e conchiuse:

- Che disgrazia, figliuola mia!... Scusate se vi chiamo così. Vi tenevo già per figlia mia!... Che crepacuore mi avete dato... -

Ecco com'era venuta la vocazione alla povera donna Agnese. Il cappellano del monastero la citava in esempio alle altre novizie che mostravansi sbigottite nel punto di pronunciare i voti solenni: - Guardate suor Agnese Arlotta! Specchiatevi su di lei che ha provato quel che c'è nel mondo. C'è l'inganno e la finzione. - Imbrogliami che t'imbroglio. - Una cosa sulle labbra e un'altra nel cuore. - E poi che resta alla fine di tante angustie, di tanti pasticci? Un pugno di polvere! *Vanitas vanitatum!...* -

Così, a poco a poco, la poveretta s'era distaccata completamente dalle cose terrene, e s'era affezionata invece all'altare che aveva in cura, al confessore che la guidava sul cammino della salvazione, al cantuccio del dormitorio dov'era il suo letto da tanti anni, al posto che occupava al coro e nel refettorio, al suono della campana che regolava tutte le sue faccenduole, sempre eguali, alle pietanze che tornavano invariabilmente secondo il giorno della settimana, alla stessa ora, nello stesso piatto. Il suo mondo finiva lì, al cornicione della casa dirimpetto che affacciavasi sopra il muro del giardino, al pezzetto di collina che si vedeva dalla finestra, al gomito della stradicciuola che metteva capo al parlatorio. Le ore e le stagioni si succedevano nel monastero allo stesso modo, col sole che scendeva più o meno basso sul cornicione, colla collina che era verde o brulla, coi polli che razzolavano nella stradicciuola, o si radunavano all'uscio del pollaio. Anche le voci dei vicini erano tutte note. Allorché andò via la tessitrice che stava di faccia alla chiesuola fu un avvenimento, quando non si udì più il battere del pettine ogni mattina. Suor Agnese non ebbe pace finché non riescì a sapere dal sagrestano dov'era andata e perché era andata via, quella cristiana.

Non che cercasse il pettegolezzo, ma per semplice curiosità, massime da che era divenuta sorda. Siamo fatti di carne infine, e il mondo ostinavasi a insinuarsi sin là, pian piano, coi sermoni del confessore, colle chiacchiere del sagrestano, coi discorsi dei parenti che venivano in parlatorio, colle liti fra le monache, e gl'intrighi che nascevano quando trattavasi di eleggere le cariche pel triennio. Oh allora!

Suor Gabriella, ch'era la superbia in persona, si faceva umile come un agnello pasquale; e suor Maria Faustina, otto giorni prima, aveva sulla faccia arcigna un sorriso amabile. Fra le suore poi erano conciliaboli a tutte le ore, durante la ricreazione, o quando si riunivano nel tinello a preparare i dolci e le paste per la solennità, a Pasqua o a Natale. Tanto più che suor Agnese non aveva nulla da fare, perché non aveva né fior di farina, né zucchero, né denari per comprarne, né parenti a cui mandare in regalo i dolci. Sua madre, buon'anima, era morta da un pezzo; e anche don Basilio, quantunque fosse campato vecchio nei guai, perché Dio aveva voluto dargli il purgatorio in terra - e anche la zia caritatevole, che aveva sborsato le cento e venti onze della dote perché donna Agnese potesse farsi monaca. - Pace alle anime loro, di tutti quanti, compreso don Giacomino, che era morto carico di figliuoli, e gli avevano fatto i funerali a Santa Maria degli Angeli. Sia fatta la volontà di Dio! a suor Agnese, povera vecchia, il Signore le accordava la grazia. Colle sei onze all'anno della dote, e il piatto che le passava il convento, meno di trenta centesimi al giorno, essa riusciva a mantenersi lei, la lavandaia, e la conversa di cui non poteva fare a meno pei suoi acciacchi. Risparmiava sulle due paia di scarpe e sulla tonaca nuova che le spettavano ogni anno. Vendeva le noci e le mandorle della tavola che non poteva rosicchiare. Di due ova ne mangiava una lei, e l'altro, metà per una fra la serva e la lavandaia. Aveva anche combinato che a tavola teneva un fornello allato al piatto, e la sua porzione di minestra tornava a farla bollire perché crescesse e potesse bastare alle due donne che avevano sempre una fame da lupi. Essa campava d'aria, povera vecchia. Talché a furia di privazioni tirava innanzi anche lei, e arrivava a cavare di quel poco anche il caffè e il biscotto pel confessore, ogni mattina.

Veramente avrebbe avuto anche lei l'ambizioncella di tenere il pastorale, almeno una volta in tanti anni. Ma alle cariche erano nominate sempre quelle monache che sapevano intrigare meglio, e trovavano appoggio nel parentado di fuori. Basta, taceva e ringraziava la Divina Provvidenza. - Che le mancava, grazie a Dio? Mentre fuori, nel mondo, c'erano tanti guai! - Col buon esempio, e simili belle parole, confortava pure quelle novizie che in convento ci venivano tirate proprio pei capelli, senza vocazione. Una di queste però, maleducata e villana, le rispose un bel giorno chiaro e tondo:

- Sapete com'è? La mia vocazione è di sposare don Peppino Bèrtola, per amore o per forza -.

GLI INNAMORATI

Innamorati lo erano davvero. - Bruno Alessi voleva Nunziata; la ragazza non diceva di no; erano vicini di casa e dello stesso paese. Insomma parevano destinati, e la cosa si sarebbe fatta se non fossero stati quei maledetti interessi che guastano tutto.

Quando due passeri, o mettiamo anche due altre bestie del buon Dio, si cercano per fare il nido, forse che stanno a domandarsi: - Tu cosa mi porti in dote, e tu cosa mi dài? -

La Nunziata, cioè mastro Nunzio Marzà suo padre, doveva avere un bel gruzzolo, dopo quarant'anni che teneva merceria aperta, e quindi Alessi pretendeva cento onze insieme alla ragazza. - La gallina si pela dopo morta - ribatteva mastro Nunzio. - Io non intendo lasciarmi spogliare in vita. - La moglie va colla dote - picchiava Bruno Alessi. - Io non voglio maritarmi a credenza -.

Veramente questo lo faceva dire dai suoi vecchi, com'è naturale, e lui badava a scaldare i ferri colla giovane. Il diavolo è tentatore, e le donne hanno il giudizio corto. A poco a poco la povera Nunziata prese fuoco come un pugno di stoppa, e ci rimise il sonno e l'appetito.

- Bene, - disse mastro Nunzio. - T'insegnerò io il giudizio -.

E giù legnate da levare il pelo, se la sorprendeva alla finestra, o la vedeva fare altre sciocchezze. Cogli Alessi invece usava politica, e stavano insieme a tirare sul prezzo, senza troppa furia. Al giovanotto però quel negozio non andava a sangue, sia che ci avesse la fregola addosso, o perché le cose lunghe diventano serpi. Poi voleva mettere una bella calzoleria, e pensare agli interessi propri, invece di lavorare a bottega dal padre.

- Senti, - disse alla ragazza - Qui ci menano a spasso, per fare i loro comodi. Bisogna finirla -.

Giacché Marzà aveva un bel picchiare la figliuola, e sprangare usci e finestre. Il diavolo è anche sottile, e Bruno Alessi ne sapeva una più del diavolo. Fingeva di andare a vendere scarpe e stivali per le fiere, lì intorno, e poi, mentre mastro Nunzio dormiva tranquillo fra due guanciali, veniva di notte a stuzzicargli la figliuola.

- Maria santissima! Cosa mi fate fare! - piagnucolava Nunziata col grembiule agli occhi.

- Se mi vuoi bene, te lo dirò io -.

Però la ragazza non voleva sentirla quella faccenda di spiccare il volo con lui, e dopo, quando il pasticcio era fatto, mastro Nunzio avrebbe dovuto adattarsi a mandarlo giù. Era una buona figliuola infine, dello stesso sangue dei Marzà, e stando dietro il banco aveva imparato cosa vuol dire negozio, e come vanno a finire certe cose. Ma soffia e soffia, Bruno, che non pensava ad altro, seppe scaldarle la testa, e farle perdere quel po' di senno che le restava ancora. La finestra era bassa, e rizzandosi sulla punta dei piedi egli le arrivava al collo. Allora, per parlarsi all'orecchio, perché non udisse mastro Nunzio che dormiva lì accanto, pigliavano fuoco tutt'e due, e la ragazza ci si squagliava come la neve. Lui le aveva mostrato anche un trincetto che portava addosso, e minacciava di fare una tragedia con quello. - M'ucciderò sotto i tuoi occhi! Verrà tutto il paese a vedere il sangue! Allora sarai contenta! Allora vedrai se ti voglio bene sì o no! -

E bisognava vedere che faccia! Nunziata a quell'uscita sbigottiva, e tornava a balbettare tutta tremante:

- Oh Madonna santa! cosa mi fate fare!...

- Bene. Quand'è così, vuol dire proprio che non mi ami. È meglio finirla!... -

Per abbreviare, gnor padre che picchiava la ragazza tutto il giorno, l'innamorato che veniva a farle di notte le stesse scene di amore e di gelosia, Nunziata raccolse quattro stracci in un fagotto, e andò a raggiungere Bruno che l'aspettava nella viuzza. - Però giuratemi che mi sposerete subito! - gli disse prima di tutto. - Giuratemi innanzi a Dio! -

Bruno le giurò tutto quel che voleva, lì, su due piedi, al cospetto di Dio che vedeva e sentiva, lassù: una mano sul petto e l'altra che chiamava angeli e santi testimoni: - Non lo sai che t'amo più della pupilla degli occhi miei? Non dobbiamo essere marito e moglie? - Poi volle portarle lui il fagotto. - Hai preso gli ori? - le chiese pure.

Essa non aveva preso gli ori, perch'era tutta sottosopra. - Hai fatto una sciocchezza, - conchiuse Bruno. - Tuo padre te li metterà sul conto della dote -.

Mastro Nunzio il mattino trovando l'uscio aperto si mise a gridare al ladro. Papà Alessi, che passava di là a caso, in quel punto, lo tirò dentro pel braccio e gli disse:

- Non fare strepiti. Non facciamo ridere la gente. Vostra figlia è in casa di mia cugina Menica, rispettata e onorata come una regina -.

Il povero Marzà s'era messo a sedere colle gambe rotte. Ma tosto si rimise. Compare Alessi gli offrì una presa, accostò una scranna lui pure, e infine intavolò il discorso.

- Bene. Ora che facciamo?

- Dite voi, - rispose Marzà asciutto asciutto. - Io lo so cosa devo fare.

- È una disgrazia, non dico di no. Gli altri rompono e tocca pagare a noi.

- Chi rompe paga, e chi ne ha ne spende -.

Compare Alessi era uomo navigato anche lui, e capì il latino.

- A me non importa infine, - conchiuse mettendosi colle spalle al muro.

- E a me neppure.

- Scusate, scusate. Si tratta di vostra figlia. È il sangue vostro.

- E voi, quando vi esce il sangue dal naso, che state a cercare dov'è andato a cadere? -

Toccò a mastro Alessi stavolta di rimanere con tanto di naso e la bocca aperta.

- Allora dite voi. Come si fa?

- Si fa così, che la Nunziata è minorenne, e vostro figlio andrà in carcere.

- Ah! ah!... Va bene allora! Quand'è così vi saluto tanto! -

Papà Alessi si alzò lentamente, e fece anche finta d'andarsene, come quando si capisce bene che il negozio non si combina. Pure, vedendo mastro Nunzio fermo come un macigno, con quella faccia tosta di negadebiti, non poté frenarsi dal rinfacciargli, stando sull'uscio:

- E vi terrete la figliuola... così?

- Non mi avete detto ch'è onorata come una regina? Ho quattro soldi. Le troverò bene un marito a modo mio.

- Ah! per quei quattro soldi! - esclamò l'altro infuriato. - Vendete vostra figlia per cento onze!... Sentite! Scusate! È sangue vostro, sì o no? Siete cristiano? Siete padre, o cosa siete?

- Ah, compare bello! E voi ve lo fate cavare il sangue per gli altri? -

Mastro Alessi se ne andò davvero stavolta, e corse subito a far scappare Bruno prima che la giustizia venisse a cercarlo. Nunziata invece, che mangiava a ufo dalla cugina Menica, e neppure il curato aveva potuto persuadere Marzà a sborsare le cento onze, dovette tornare a casa mogia mogia, e sentirsi dire:

- Vedi se volevano te o il mio denaro? Hai capito adesso? -

Intanto passavano i giorni, e Bruno, temendo di cadere nelle unghie della giustizia, andava pel mondo cercando fortuna, e riducendosi povero e pezzente. Mastro Nunzio, che era padre e cristiano alla fin fine, gli avrebbe pur dato la figliuola, ed anche un po' di roba. Ma cento onze di denaro, no, finch'era vivo! - E Bruno dal canto suo si ostinava invece: - O colle cento onze, o niente -.

Però la Nunziata, piangendo giorno e notte, indusse il padre a discorrerne fra loro e Bruno, in famiglia, e ciascuno avrebbe dette le sue ragioni.

- Ma non sarà qualche tranello poi? - osservò Bruno, come la zia Menica andò a fargli l'imbasciata. - Posso fidarmi di quel birbante?

- Ti accompagno io, - tagliò corto la zia. - Mastro Nunzio è un galantuomo -.

La sera stessa, dopo chiusa la bottega, si riunirono nella merceria loro quattro, lei, Bruno e i Marzà, per dire ciascuno la sua ragione. Bruno stava zitto e grullo, mastro Nunzio guardava in terra. Nunziata versava il vino nei bicchieri, e toccò quindi a comare Menica parlare:

- Bisogna finirla. È una porcheria. Tutto il paese non discorre d'altro. Io non me ne vado di qui se prima non si conclude il matrimonio -.

Nunziata allora si mise a piangere. Bruno guardava ora lei e ora suo padre. La ragazza infine, vedendo che non diceva nulla, prese a sfogarsi:

- Ditelo voi stessa, comare Menica!... Dopo avermi lusingata per tanto tempo! Dopo tanti giuramenti! E quello che ho fatto per lui... che sarebbe meglio buttarmi nel pozzo, adesso!

- Io non mi tiro indietro, - borbottò lui. - Per me non manca.

- Dunque per chi manca? - conchiuse la zia Menica, guardando ora il padre ed ora la figlia.

Nessuno aprì più bocca, finché Bruno s'alzò in piedi, e prese un bicchiere dal banco.

- Guardate! - disse. - Che questa grazia di Dio possa mutarsi in veleno se dico bugia! Della dote non me ne importa nulla. Quanto a me la sposerei anche senza camicia.

- Questo no, - interruppe la zia Menica. - Mastro Nunzio conosce il suo dovere.

- Bene. Dunque quello che dà lo dà a sua figlia. Voglio le 100 onze nel suo interesse. Ci ha lavorato anche lei, colla merceria, sì o no? -

Qui Nunziata prese le sue parti, e disse che era vero. Ci aveva spesa tutta la bella gioventù dietro a quel banco, dacché era morta la buon'anima di sua madre. Se fosse stata ancora al mondo, quella, non avrebbe fatto penare la sua creatura per 100 onze di più o di meno. E lì a intenerirsi tutti, e buttarsi piangendo al collo di mastro Nunzio, lei, lo sposo e anche la zia Menica, sinché il babbo dopo aver pestato e ripestato che la gallina si pela dopo morta, che i denari hanno le ali, e quando Bruno Alessi avesse mangiato quelli della dote gli toccava poi a lui mantenere marito e moglie, pure si lasciò andare a promettere le 100 onze, purché ci fosse la sua brava cautela. Nunziata ballava e rideva, comare Menica baciava in terra, ma qui Bruno mostrò il malanimo, che le 100 onze le voleva in mano, perché - metterle alla Banca, no: se le portano via. - Comprare un pezzo di terra, neppure: non danno frutto. - Invece col contante in mano lui avrebbe messo un bel negozio.

- Il negozio è quello che volete fare con questa sciocca che vi crede e si lascia prendere alle vostre commedie! - interruppe nel bel mezzo il vecchio più arrabbiato di prima.

- No! - rispose Nunziata aprendo gli occhi a un tratto, e asciugandosi le lagrime. - No, che non mi lascio prendere! -

E in tal modo sfumarono matrimonio ed amore. Bruno rinfacciò a Nunziata, prima d'andarsene: - Così dicevate di buttarvi nel pozzo? - Lei, di rimando: - Come vi siete ucciso voi col trincetto, tal quale -. Mastro Nunzio chiuse l'uscio, e la figliuola se ne andò a letto furiosa.

Se non fosse stata la vergogna di essersi lasciata cogliere in trappola da quel bel galantuomo, ed era difficile trovarne un altro, avrebbe voluto maritarsi subito subito, per dispetto, anche con uno di mezzo alla strada. Ma suo padre, coi suoi denari, le trovò invece Nino Badalone, un pezzo di marito che ne valeva due, e non aveva tante arie e tante pretese. Nunziata si fece pregare alquanto, per decenza, e poi disse di sì.

- Giacché piace a voi, sono contenta io pure -.

Nino Badalone era contento anche lui. Veniva alla merceria quasi ogni sera; portava qualche regaluccio, e faceva l'innamorato come e meglio di qualcun altro. Mentre Marzà serviva gli avventori, o schiacciava un pisolino dietro il banco, Nino soffiava all'orecchio della ragazza le stesse cose che le aveva dette Bruno: - Bene mio! - Cuore mio! - E lei ci pigliava gusto egualmente, e la notte poi fra le coltri, diceva fra sé e sé: - È lo stesso, tal quale -.

Bruno invece, ch'era rimasto a bocca asciutta, pensava dal canto suo: - Voglio vedere come va a finire! -

Passava e ripassava per la stradetta, col garofano in bocca; si sgolava di notte a cantarle dietro l'uscio canzoni d'amore e di sdegno, e quando incontrava la Nunziata, alla messa, invece di farla arrossire, come pretendeva, e di confonderla colle sue occhiatacce, era lui piuttosto che restava minchione e doveva chinare il capo.

- Ma con quell'altro voglio vedermela davvero - brontolava poi sputando veleno. - Voglio mangiargli il fegato! Voglio berne il sangue -.

Di buoni amici ce n'è sempre a questo mondo; sicché cotesti sproloqui arrivarono all'orecchio di Badalone. Costui era stato soldato, e sapeva il fatto suo. - Bene, - rispose, - vedremo! Chi è buon cane mangia alla scodella -.

La domenica di carnevale dai Bozzo ci era un po' di festino. Bruno vi andò lui pure, colla fisarmonica, per svagarsi, ed anche perché sapeva che Mastro Nunzio vi avrebbe condotto la figliuola, e voleva vedere come andava a finire. Mentre dunque suonava la fisarmonica e faceva ballare gli amici, arrivò infatti mastro Nunzio, colla Nunziata in gala, e dietro Badalone gonfio come un tacchino.

Se Bruno Alessi in quel momento non fece uno sproposito e poté andare innanzi colla sonata, fu proprio un miracolo, ed anche per non lasciare in asso i ballerini. Per giunta Badalone prese subito la sposa a braccetto, senza dire né uno né due, e si mise a ballargli sotto il mostaccio - polche, valzeri, contradanze - Nunziata che si dimenava con bel garbo e gli faceva il visavì, e lui saltando come un puledro, tutto rosso e scalmanato. Il povero Bruno intanto gli toccava portare il tempo e inghiottire veleno. Infine lasciò il posto a Zacco, ch'era lì pronto colla cornamusa, e volle fare quattro salti anche lui.

- Permettete, amico? - disse a Badalone, toccandosi pulitamente il berretto.

Quello screanzato invece lo squadrò prima ben bene, e poi rispose asciutto:

- Non permetto. Perché? -

Gli disse anche quel "perché", che fa montare la mosca al naso! Fortuna che Bruno Alessi era un galantuomo, e non voleva più averci a fare colla giustizia. Ma gli giurò in cuor suo: - Ti farò becco, com'è vero Dio! -. E volle piantar subito ballo e ballerini. Non ci furono cristi.

Se ne vedono civette al mondo! Sfacciate come quella lì, che ridono a Cajo e a Tizio, e passano da una mano all'altra peggio dei cani di strada che fanno festa a tutti. Ma un tradimento simile Bruno non se lo aspettava, dopo tanto amore e tante pene, e tutto ciò che aveva fatto per l'ingrata! Questo voleva dirle, a quattr'occhi, appena la coglieva un momento sola, dovesse azzuffarsi poi con Badalone.

Infatti Nunziata se lo vide capitare in casa con quel proposito, il giorno dopo, mentre stava affacciata a veder le maschere. Era vestito da pulcinella, per non farsi scorgere, ma essa lo riconobbe tosto, che il cuore non è fatto di sasso, e voleva chiudergli l'uscio sul naso.

- Ah, così mi ricevete? - diss'egli. - Questa mi toccava?

- Bene, parlate, - rispose lei.

- Non m'importa di vostro padre. Non ho paura di nessun altro. Voglio dirvi il fatto mio.

- Bene, dite, e finiamola subito -.

Bruno s'era preparato il suo bel discorso, ma al vedersi trattare in quel modo non trovò più le parole. Bugiarda! Traditora! L'aveva venduto per 100 onze, come Gesù all'orto! E gli rideva sul muso anche! Allora, disperato, si strappò la maschera, e mostrò anche di frugarsi addosso per cercare il trincetto.

- Ah! Volete ammazzarvi un'altra volta? - rispose lei continuando a ridere.

In quel punto sopraggiunse Nino, colle mani in tasca, e quella sua andatura dinoccolata. Appena vide il Bruno, che lo seccava, infine, gli assestò una pedata sotto le reni, e questo fu il primo saluto.

- Bada che ha il trincetto addosso! - gridò la giovane spaventata.

Bruno si rivoltò come una furia. Voleva mangiargli il fegato. Voleva berne il sangue. Ma poi se la diede a gambe, e Nino l'accompagnò ancora a pedate sino in fondo alla stradetta.

FRA LE SCENE DELLA VITA

Quante volte, nei drammi della vita, la finzione si mescola talmente alla realtà da confondersi insieme a questa, e diventar tragica, e l'uomo che è costretto a rappresentare una parte, giunge ad investirsene sinceramente, come i grandi attori! - Quante altre amare commedie e quanti tristi commedianti!

Ho visto la commedia del dolore al letto di un'agonizzante. Un caso di corte d'Assise, se era vero, come dicevano i vicini, che Matteo Sbarra non moriva, no, di un calcio di mulo; ma fosse stato il compare Niscima che l'aveva ucciso a tradimento, con una badilata nella testa, quando seppe di quell'altro tradimento che Matteo Sbarra gli faceva con la moglie - un compare, un amicone che spartiva con loro il pane e il lavoro, e si sarebbe fatto ammazzare per tutt'e due! - Niscima piangeva, sua moglie piangeva, strappandosi i capelli, fosse amore, o fosse timore della giustizia. - O compare, che giornata spuntò oggi per tutti noi! - O che fuoco ci ho qui dentro, compare bello! - E il giudice istruttore era presente; e la stanza era piena di vicini che sapevano e non sapevano; e il mulo, legato lì fuori, non poteva parlare.

Matteo Sbarra, col singhiozzo alla gola, stava zitto anche lui, dinanzi al giudice, dinanzi ai testimoni, dinanzi al prete che gli dava l'assoluzione dei suoi peccati. Guardava la comare, guardava il compare, cogli occhi torbidi, dove forse passava già la visione della vita eterna. Ah! le mani di lei, che gli asciugavano adesso col fazzoletto il sangue e il sudore della morte! E le mani dell'amico che gli rassettavano il guanciale sotto il capo, lì, nello stesso letto matrimoniale dove l'aveva tratto in agguato - a colpo sicuro, se era vero che la donna ve l'aveva stretto altre volte fra le braccia, poiché Niscima sapeva bene che il maschio della selvaggina vi torna di nuovo sotto il fucile, al richiamo della femmina, fosse ferito e grondante sangue. - La vicina Anna aveva udito dietro l'uscio il rumore della lotta brusca e violenta, appena il marito era arrivato a casa: le grida soffocate, il rantolo della donna, e l'anelito furioso di lui. Cosa doveva fare, poveretta, se era vero che fosse colpevole? se è vero che Dio non paga il sabato, e ci castiga col nostro stesso peccato? - Perché l'hai fatto scappare, buona donna? Digli che torni. Dovete averci un segnale fra di voi. Fagli segno di venire, pel nome di Dio! - Ella mise il segnale: un fazzoletto rosso color di sangue: la videro altri vicini, più morta che viva, alla finestra. Avevano ben ragione di strillare adesso tutti e due: - O compare mio, che fuoco mi lasciate qui dentro nel mio cuore! - Signor giudice, signori miei, uccidetemi qui stesso, dinanzi a lui, se fui io il traditore! - E la giustizia oscura che era nella coscienza dei testimoni muti, pensava forse: - Il morto è morto. Bisogna salvare il vivo. -

Quest'altra da tribunale correzionale invece: lui buttandosi fra le fiamme che aveva appiccato di nascosto al magazzino, dicevasi, onde salvarsi dal fallimento, e cercando di spegnerle colle sue stesse mani: le mani arse, i panni che gli fumigavano addosso, i capelli irti, il viso stravolto e terreo di un disperato o di un delinquente - e la moglie seminuda, i figliuoli atterriti che s'avvinghiavano a lui. - Lasciatemi!... perdio!... È la rovina!... Meglio la morte! - Il vocìo della folla, il crepitare dell'incendio, il getto delle pompe, lo squillare delle cornette dei pompieri. - E dei visi arrossati, delle ombre nere che formicolavano nel chiarore ardente, le placche dei carabinieri che l'abbacinavano. - Che vedeva egli, che sentiva in quel momento torbido? Le mani convulse che si stendevano verso di lui, fra il luccicare delle baionette; la fanciulla brancicata senza riguardo da cento sconosciuti, il figliuolo dibattendosi furioso fra i soldati: - Papà! papà mio! - E i sogghigni dei malevoli, il sussurro avverso della voce pubblica: - Trecentomila lire d'assicurazione!... Si capisce!... Tanto più che la barca faceva acqua da tutte le parti! - Due volte il forsennato tentò di rompere il cordone di truppa che isolava l'incendio, e due volte fu respinto urlante e traballante sul marciapiedi: - È la mia roba, vi dico!... La mia roba!... Lasciatemi morire! - E noi, papà? Siamo noi! Ascolta - Ah, figli miei! Poveri figli miei! - E il piangere che faceva, lì in mezzo alla strada, le lagrime che gli rigavano il viso sporco di fumo e di polvere - le lagrime della moglie e dei figli! Erano finte anche quelle? Erano complici pietosi ancor essi della turpe commedia? Piangevano sulla colpa del padre, o sulla loro rovina? Avevano letto prima in quel volto venerato ed amato le angustie segrete, le ansie, le lotte che il negoziante onorato e stimato fino a quel giorno aveva dovuto dissimulare fra loro, a tavola, in teatro, nell'intimità della famiglia e al cospetto del pubblico che bisognava illudere colle apparenze di una costante prosperità? Era la disperata necessità della menzogna istessa che li contaminava tutti adesso per la comune salvezza? Sino a qual punto erano finte le lagrime del colpevole, lì, sotto gli occhi della moglie e dei figli, la sua tenerezza, il suo orgoglio, le sue vittime, i suoi giudici primi e più inesorabili nel segreto della coscienza? Chi avrebbe potuto dirlo? - Voi uomo di banca, che giuocate alla Borsa col sigaro in bocca delle partite di vita o di morte, e di rovina per altri mille che hanno fede soltanto nella vostra bella indifferenza? - O voi uomo di toga, che avete fatto piangere i giudici per salvare l'omicida? - Tutt'a un tratto la folla, i soldati, gli stessi pompieri indietreggiarono atterriti, dinanzi all'orror dell'incendio, fra un urlo immenso. Egli solo, il disgraziato, si strappò dalle braccia dei figli per slanciarsi nella voragine ardente, rovesciando quanti gli si opponevano, lottando come un forsennato contro tutti, respinto, percosso, tornando a cacciarsi avanti a testa bassa, grondante sangue, colla schiuma alla bocca, la bocca da cui usciva un grido che non aveva più nulla d'umano: - La cassa! I libri! -

Lo portarono a casa su di una barella, tutto una piaga e mezzo asfissiato. Stette un mese fra morte e vita, coll'aspettativa del giudizio infame in quell'agonia, e gli occhi dei figli che lo interrogavano. - Povera Lia, come sei pallida! E anche tu, Arturo! Anche tu! Vedete, sono tranquillo adesso, tra voi. Vedete come sorrido, povere creature? - E poi ancora dinanzi ai giudici, seduto al posto dei malfattori, sotto l'interrogatorio e le testimonianze contrarie, e la difesa dell'avvocato che invocava in suo favore quarant'anni di probità intemerata, e il viso pallido del figliuolo che ascoltava fra l'uditorio, e le braccia tremanti delle sue donne che l'avvinsero all'uscita del tribunale. - Assolto! Assolto! - Senza dir altro, un'altra parola, che rimase muta e gelida fra di loro, sempre!

E la commedia di tutti i giorni, nella casa patrizia, sotto lo stesso tetto, alla stessa tavola, al cospetto dei figli e dei domestici, rappresentata per vent'anni, colla disinvoltura del gran mondo, tra il marito offeso e la moglie colpevole, se il triste segreto era realmente fra di loro. - La moglie di Cesare non deve essere neppure sospettata, - ed entrambi, legati alla medesima catena da un casato illustre, osservavano perfettamente il codice speciale della loro società. Né il mondo ci aveva nulla da vedere. Forse qualche capello bianco di più sulle tempie delicate di lei; ma non un riguardo, né un'attenzione di meno della cortesia implacabile del marito. Se la dama, moglie e madre onorata e insospettata sino al declinare della giovinezza, era caduta tutt'a un tratto, e caduta male, giacché il pleonasmo è ammesso nel *suo mondo*, come una povera creatura delicata e fiera, avvezza soltanto a camminar a testa alta sui tappeti e che non sappia mettere le mani avanti, il marito la sorresse tosto con braccio fermo, perché continuasse a portare degnamente il nome suo e quello dei figli. Certo è che essa non gridò né pianse, né fece piangere le anime caritatevoli sulla pietà del caso. - E anche il marito ebbe gran parte di merito nel tenere la cosa *in famiglia*; poiché l'*altro* era un uomo di mondo lui pure, della stessa casta e quasi dello stesso casato, bel cavaliere e bel giuocatore alle carte e in amore, che correva alla rovina e alla morte col sorriso alle labbra e il fiore all'occhiello, e *sapeva vivere* - e morire, al bisogno, evitando ogni scandalo. Egli non le aveva scritto che due o tre lettere, nei casi più urgenti, quando si era trovato proprio coll'acqua alla gola o colla rivoltella sotto il mento. Il male fu che una di quelle lettere, la più breve e grave, l'ultima, cadde in mano del marito, mentre stavano per recarsi a una gran festa, e la carrozza aspettava a piè dello scalone, e la povera donna già pettinata e vestita, pallida come una morta, seduta dinanzi a un gran fuoco, aspettava i gioielli che aveva impegnati per l'amante, e che questi le aveva promesso di restituirle per quella sera *a ogni costo*. - A ogni costo. - Perciò le chiedeva scusa, scrivendole, se per la prima volta, e l'ultima, mancava alla sua parola. La poveretta ne aveva già il triste presentimento, giacché aveva il cuore stretto da quella immensa angoscia ed era così pallida dinanzi a quel gran fuoco? Aveva visto balenare l'idea del suicidio, ed era stata la pietosa attrattiva che l'avea data a lui, quando lo aveva visto perdere tutto, calmo e impenetrabile, in una terribile partita? - Una terribile partita che faceva disertare il ballo e attirava anche le dame nella sala da giuoco. Egli, incontrando gli occhi di lei, tristi e pietosi, le aveva detto allora con un pallido sorriso: - Perché viene a vedere queste brutte cose, duchessa? - E lei... - Perché?... Perché fa questo, Maurizio? - balbettò essa con un filo di voce. Egli si strinse nelle spalle, chinandosi a baciarle la mano, e non rispose altro, fissandola in viso con gli occhi chiari e fermi, e decisi a tutto.

La notizia del suicidio correva già per i trivi sulla bocca dei venditori di giornali, allorché il duca entrò nello spogliatoio della moglie colla fatale lettera in mano. Era fermo anche lui, e impenetrabile come quell'altro, nella rovina improvvisa di tutto ciò che aveva formato il suo orgoglio e la sua fede. - Scusatemi, - le disse - se l'ho letta prima di accorgermi che non era diretta a me. Ma riflettete che poteva capitare in mani peggiori. Bruciatela insieme a tutte le altre che dovete avere, e datevi un po' di rosso, giacché non posso condurvi al ballo con quella faccia, senza renderci ridicoli voi ed io -.

Il ridicolo fu evitato. Se pure i cacciatori di scandali si affollarono all'uscio, quando fu annunziata l'illustre coppia, e le amiche indulgenti si rivolsero a lei, allorché la notizia del suicidio cominciò a circolare nella festa, videro lei diritta e forte, senza battere palpebra sotto il colpo mortale che le picchiava alla testa, e gli sguardi dei curiosi, e le parole del marito che compiangeva "quel povero Maurizio" colla discrezione mondana che attutisce ogni stridere molesto. Essa fu malata, e il duca non lasciò un sol giorno la stanza di lei. Ricomparve ai teatri, ai ricevimenti, ammirata, inchinata, al braccio di quell'uomo di cui sentiva l'intima repulsione, accanto alla vergine candida e pura e al giovinetto di cui era l'orgoglio e la tenerezza. Quando essi andarono sposi, il padre aveva detto loro: - Serbatevi degni del vostro nome, e dell'esempio che vi hanno dato i vostri -. Dinanzi a loro, dinanzi a tutti, egli non dimenticò giammai, un giorno solo, per anni ed anni, di dare lo stesso esempio di devozione e di stima alla compagna della sua vita e della sua catena, rimasta sola con lui, nel palazzo immenso, sonoro e vuoto come una tomba. Se mai il volgare sospetto fosse durato ancora nella mente di qualche domestico o di un familiare, egli volle smentirlo sino all'ultimo momento, sino al punto di morte, stringendo la mano della moglie singhiozzante, prostrata dinanzi a lui, dinanzi ai figli, dinanzi ai congiunti, mentre il prete gli dava la estrema unzione. Soltanto nell'ultima convulsione di spasimo, respinse quella mano colla mano di ghiaccio. Nel testamento lasciò un ricco legato "alla sua fedele compagna".

Quante altre! Quante! - Il sorriso procace della disgraziata che deve guadagnarsi il pranzo. - Le lagrime dello scroccone che viene a chiedervi venti lire "in prestito". - L'eleganza dello spiantato che cena colle paste del the. - Gli occhi bassi della ragazza che cerca un marito. - E la più desolante, infine, la commedia dell'amore, quando l'amore è morto, e resta la catena. O braccia delicate che vi allacciaste all'amplesso stanche e illividite! Quando Alberto strinse in quella festa da ballo la piccola mano che doveva avvincergli così tenacemente la catena al collo, non sapeva che essa se ne sarebbe svincolata così presto. E anche lui allora non sapeva di lasciarsi prendere all'ardore che simulava e alla lusinga delle proprie frasi galanti. - Il sorriso trionfante di lei che si inebbriava all'omaggio di quel bell'avventuriero d'amore disputato e ammirato - il sottile eccitamento della danza - la carezza della musica che accompagnava la carezza delle parole - gli occhi bramosi che cercavano i suoi, e il fulgore ch'essa vi scorse allorché chinò il capo biondo ad assentire: - Sì! Sì! - con qual altra ebrezza e qual smarrimento negli occhi ella ascese la prima volta quella scala e spinse quell'uscio, premendosi forte il manicotto sul seno ansante! Con qual altro sbigottimento vi ritornò poi, guardandosi intorno e buttandosi a sedere appena entrata, col viso pallido e una ruga sottile fra le sopracciglia. - Mi son fatta aspettare, non è vero? - No... non importa ormai... Sei qui!... - Ah, son mezzo morta... Sapeste!... Mio marito!... Quel portinaio che mi vede passare! - Insomma tutte quelle cose che non vedeva prima, quando aveva gli occhi abbacinati dal sogno d'oro. - Lasciatemi, Alberto!... Ve ne prego! Vi prego!...

- Vi lascio. Scusatemi!

- Che vi piglia adesso? Vedete in che stato sono!... Che faccio per voi!...

Gli occhi negli occhi, le mani nelle mani, e la bocca rosea che sorrideva stanca e si offriva sotto la veletta. Ah, non era quella la bocca che una volta sfuggiva tremante e si era abbandonata avida al primo bacio! Gli si offriva anche adesso, pietosa menzogna, perché vedeva gli occhi ardenti dell'innamorato cercare in quelli di lei l'amore che non c'era più. Egli non raccolse quel bacio, guardandola fiso: - O povera Maria! - disse tristamente.

Ella si era fatta rossa, fissandolo anche lei con gli occhi già inquieti. Scorgeva forse il dubbio e l'incredulità atroce negli occhi di lui? - Povero amore! Povera Maria! - Non le disse altro, e l'accarezzò sui capelli, sorridendo anche lui. Ma era bianco bianco, e il sorriso era amaro. Allora essa avvinse nelle sue carezze quel pallore e quegli occhi, e vi si smarrì un istante ella pure, forse sinceramente, o volle smarrirvisi per compassione di lui. O povero amore, che hai bisogno di batterti i fianchi colle ali! Povera amante discesa a rappresentare l'ignobile commedia! - No! No! - Egli indietreggiò barcollante, come se avesse ricevuto un urto al petto, fece qualche passo per la stanza, e tornò a sederlesi allato, cercando di sorriderle ancora, cercando le parole che non venivano.

- È tardi - diss'ella alzandosi. - Saranno quasi le cinque. Devo andarmene -.

Si alzò egli pure senza dir nulla.

Essa cercò il manicotto ed i guanti, si aggiustò il velo sul viso serio e freddo, senza una parola, senza guardarlo, e s'avviò all'uscio. Egli l'apriva già.

- Fatemi il favore. Se ci fosse qualcheduno per la scala...

- Aspettate -.

Uscì a spiare dal pianerottolo e rientrò tosto. - Nessuno -.

L'amata esitò un istante e rialzò la veletta al di sopra della bocca. L'amante finse di non vederla, e le strinse la mano.

- Addio dunque.

- Addio -.

Udì sino all'ultimo scalino il rumore dei passi di lei che altra volta si dileguavano furtivi, e dalla finestra la vide ferma e tranquilla sul marciapiedi, come una che non ci abbia più nulla da nascondere adesso, accennando a un cocchiere d'accostarsi, con un gesto grazioso della destra infilata nel manicotto.